Uma exposição

Uma exposição

Ieda Magri

DADOS INTERNACIONAIS DE CATALOGAÇÃO NA PUBLICAÇÃO (CIP) DE ACORDO COM ISBD

M212e
Magri, Ieda

Uma exposição / Ieda Magri. — Belo Horizonte : Relicário, 2021.
132 p. ; 13cm x 19cm.

ISBN: 978-65-89889-20-5

1. Literatura brasileira. 2. Narrativa. I. Título.

CDD 869.94
2021-3397 CDU 82-4(81)

Elaborado por Vagner Rodolfo da Silva – CRB-8/9410

Esse livro foi publicado com recursos do
Programa Jovem Cientista do Nosso Estado/Faperj

COORDENAÇÃO EDITORIAL Maíra Nassif Passos
ASSISTENTE EDITORIAL Márcia Romano
CAPA Tamires Mazzo
FOTOS Keli Magri e Ieda Magri
PROJETO GRÁFICO E DIAGRAMAÇÃO Caroline Gischewski
REVISÃO Maria Fernanda Moreira

RELICÁRIO EDIÇÕES
Rua Machado, 155, casa 1, Colégio Batista | Belo Horizonte - MG, 31110-080
contato@relicarioedicoes.com | www.relicarioedicoes.com
@relicarioedicoes /relicario.edicoes

Aos meus pais

Pro Felipe

Não éramos os únicos, além dos cães e de
outros animais domésticos cujas emoções
se ligavam às nossas havia vários séculos,
que sonhávamos de noite, mas também
os pequenos mamíferos, os ratos e as
toupeiras, viviam em um mundo que existia
exclusivamente dentro deles enquanto
dormiam, como se podia deduzir dos
movimentos dos seus olhos, e quem sabe,
disse Austerlitz, talvez as mariposas também
sonhem, talvez a alface no pomar sonhe
quando de noite ergue a vista para a lua.

W. G. Sebald

Preâmbulo

Conhecer uma pessoa, recebê-la na vida, é se conhecer de novo. Em outubro de 2017, com essa novidade na vida, me vi às voltas com a necessidade de compreender o que era o meu passado camponês, antes que ele me engolisse. Do nada ou do fundo de mim, essa palavra – camponesa – se tornou definidora, e mesmo que eu não quisesse, saía da minha boca nas horas em que eu menos esperava.

No mencionado outubro, minha família faria uma grande festa e meus pais eram os anfitriões. No interior, nas grandes festas de família, faz parte da tradição oferecer aos convidados os alimentos preparados em casa. O banquete generoso deve ter como centro a carne. A carne de um boi escolhido e engordado especialmente para a ocasião.

O que se segue é a viagem ao interior da paisagem e de mim mesma pra reviver o ritual de preparação dessa grande festa familiar.

I

Revejo meu pai, ainda jovem, uma corda na mão esquerda, um balde com água na mão direita, os cabelos ainda negros, a camisa de faixas amarelas e brancas, a bermuda velha, jeans, chinelos de dedos um pouco mais gastos no lado de dentro dos calcanhares, passos largos, mas sem pressa, como se pudesse alcançar grandes distâncias com a calma mais calma de sempre. Meu pai, sempre no mesmo ritmo, grave e tranquilo, imperturbável. Vejo-o despontando na curva do pátio da casa grande; estou sentada no trator, com meu irmão. Em frente, a casa da nona Magri — é também a casa do nono, a casa dos tios e das tias muito amadas, mas é assim que chamamos até hoje, a casa da nona, tantos anos depois de ela estar morta — a casa enorme, seis quartos grandes com um corredor de pelo menos quatro metros de largura e uns dez de comprimento e numa das extremidades uma sala de TV cheia de sofás, depois a cozinha com o fogão à lenha, a caixa da lenha onde brigávamos pra sentar no inverno, sob a janela; a enorme mesa, o cômodo onde ficava a geladeira, um aparador e a escadaria perigosa que levava ao porão. Na outra extremidade a parte proibida: a área das samambaias, mantida sempre fechada pelo zelo da nona que, achávamos, era capaz de amar mais as plantas do que meu irmão e eu. Diziam os tios que aquele corredor — um grande salão — era onde se faziam os bailes num passado já meio distante de nós, um passado que naquela época eu não conseguia imaginar. Mulheres de vestidos de baile, homens usando sapatos numa casa onde não havia vitrola, apenas um radinho à pilha de onde não saíam mais que notícias, raramente alguma música triste. O mundo a que estávamos acostumados era rude. Todos se sentavam em roda pra conversar e tomar o chimarrão, todos falavam alto, às vezes davam umas risadas muito altas, mas quase sempre eram graves, falavam sobre a colheita e logo iam a ela. Todos sempre atarefados, todos sempre movidos por um trabalho incessante que acompanhávamos e tomávamos como brinquedo. Nosso brinquedo: colher a uva. Nosso trabalho: pisar a uva depois dos pés lavados no grande tanque. Nosso brinquedo, retirar os cachos. Ajudar o nono a colocar tudo nas grandes pipas, lavar as bacias nos jogando água e, depois de três dias, nosso trabalho: experimentar o vinho retirado da torneira e oferecido pelo nono com um sorriso de satisfação no rosto enrugado.

Brincávamos de fazendeiros naquele dia, no trator, quando nosso pai despontou com balde e corda e fez aquela figuração meio de filme de Clint Eastwood, chapéu na cabeça, o homem destacado contra o azul da casa, o verde das grandes samambaias pendentes da área, o sol fraco da manhã, meio amarelado no céu de poucas nuvens. O pai seguia calmo ao pomar, muitas pedras no chão quando acabou o pátio gramado, meu irmão e eu estacionamos imaginariamente o trator, pulamos sobre os grandes pneus e corremos atrás dos passos largos até alcançar aquele mundo de homens que discutiam o melhor galho, o mais forte, e colocavam a corda, se penduravam, constatavam o peso, faziam cálculos, meu pai já trepado na árvore, afastando a corda e dizendo que o galho era forte, aguentaria. As mulheres chegaram com as bacias, colher o sangue, as tripas pra limpar no riacho na frente da casa, coração, fígado, rins pro almoço dos trabalhadores depois da grande batalha. Trabalho e brinquedo, trabalho e festa. Meu irmão e eu contaminados, uma grande alegria, um dia incomum.

E então um dos tios chegou com o boi, puxado por uma corda. O boi estava tranquilo, mesmos passos dos passos do meu pai, e quando chegou sob a árvore, homens e mulheres sentados sobre as pedras, começou a olhar assustado, a cabeça se movendo de um lado a outro. Meu tio abraçou o boi, colou seu rosto com o rosto do animal, uma das mãos segurava a corda, a outra acariciava o pescoço longo, os pelos macios e falava. O que falava o tio? Pro animal não ter medo, que estava tudo bem, pra ele ficar tranquilo, ninguém lhe faria mal. E meu pai procurou nossos olhos, nos dizia em silêncio que o tio mentia, mas que precisava ser assim. E então o pai passou devagar a corda por cima do galho mais grosso, testado, e os homens seguravam, prontos para usar a força necessária para erguer a carne quando estivesse sem vida. Então o pai se aproximou do boi, a faca segurada com determinação, e procurou o lugar no pescoço, sob a mão de meu tio, seu irmão, e trocou o carinho, o afago de meu tio naquele pescoço tão longo, tão bonito, de pelos tão pretos, por uma facada certeira, mas nem tanto, e então o berro, o sangue e o boi esperneando e os homens retesando e soltando a corda e os olhos do meu pai cheios de lágrimas e o sofrimento que nos feria o coração, por alguns segundos tudo suspenso, eu apertando forte a mão do meu irmão, menor que eu, os homens falando, o boi esperneando, parece que não quer morrer, a voz do meu tio, dá outra facada, Toni, meu pai irresoluto, mas assim ele sofre, dizia, se reprimindo por não ter acertado como devia a primeira facada, os homens já sem paciência, a outra facada, a tristeza do pai, o olhar de reprovação da mãe, o carinho do tio, a faca já largada no chão, o boi imóvel. Meu pai retirou a corda dos chifres e amarrou o boi pelas patas traseiras e todos eles agora puxando a corda, a força de todos os homens, o tio já longe da cara do boi, que sobe e fica suspenso no ar. Já podíamos soltar nossas mãos, os homens amarraram a corda noutra árvore ao lado, os olhos do pai já secos, todos alegres de novo, o perigo e o sofrimento já longe, cada um com sua faca, os homens se ocupam de retirar o couro, abre-se o boi pela barriga, entre as pernas traseiras até o pescoço, as mulheres enchem suas bacias e vão pro riacho.

II

Mais de trinta anos depois, já uma mulher urbana, impregnada do ritmo e das sensibilidades da gente das cidades, volto à casa da minha infância, a casa em ruínas. Dela há a árvore onde brincávamos nossas tardes, um pedaço do muro e meia parede do porão com seu enorme tanque de lavar roupas com a água fria e límpida incessante. Não resisti a molhar meus pés naquela água de fonte, como se o simples gesto pudesse refazer aquelas antigas cores, as alegrias e — principalmente — a presença dos avós já mortos, a risada dos tios e tias. Ao molhar os pés, o que me surgiu diante dos olhos, ao levantar a cabeça, foi o pomar. E nele, o boi, e, mais adiante, o pé de amoras pretas, com seu tronco acolhedor e baixo, sobre o pequeno riacho e as margens de beijos, plantas frágeis, de flores vermelhas ou rosas que crescem quase sobre a água. Minhas tardes solitárias, minhas tardes de quando aprendi a ficar só, longe dos meninos, deitada na cama do galho, olhando o verde das folhas e as frestas deixadas pelo vento, o céu azul, de vez em quando uma nuvem em forma de um animal conhecido, nem sempre inteiro. O barulho da água chegando e escorrendo do tanque velho, cheio de limo, verde como tudo ali, se confunde com o barulho do pequeno riacho e me voltam as amoras, dulcíssimas, que eu colhia e comia deitada no tronco-galho. Onde refazer esse refúgio perfeito? Mesmo minha casa, que tem tudo para meu conforto, mesmo todas as frutas no supermercado, o chuveiro, a banheira, as plantas que escolho e mando colocar na cobertura, a rede, nada pode refazer esse refúgio que durante anos ficou secreto e que hoje, ao lembrá-lo aos meus irmãos, descubro ter sido ano após ano o refúgio também deles. Agora, da árvore, vemos, como da casa, a ruína. Um pedaço do tronco grosso deitado sobre as pedras com as raízes retorcidas. Apodrecido, caído, ainda precisando de meus braços e os de meu irmão para abraçá-lo inteiro. Sorrio com essa constatação porque todo o resto, absolutamente tudo, se tornou menor do que era há mais de trinta anos. Mesmo o tanque, onde podíamos nos afogar, agora não passa de um simples tanque, a água um pouco mais que nos joelhos, nem chega ao meio da coxa. As paredes meio destruídas do porão mostram uma casa pequena, o espaço construído não devia ter mais de duzentos metros quadrados. As escadas assustadoras em que morreríamos ao primeiro descuido não deviam ter mais de dez degraus.

Estávamos, meus irmãos e eu, nessas constatações quando ouço a voz de meu pai — nosso pai — chamando para o que seria o ápice da viagem. Iríamos todos juntos matar de novo o boi. Não mais no pomar à minha frente, não mais meu pai e os tios como protagonistas, agora iríamos a uma fazenda, conheceríamos Maritânia e Caio, escolheríamos um boi entre alguns mais gordos, e veríamos sua morte e o tratamento das carnes se desenrolando sob nossos olhos. Uma coisa comum, corriqueira, a vida de todo dia desse casal simpático, que me impressionou muito. Uma rotina na vida de meus pais e de meus parentes todos que criam seus próprios animais para o alimento, morando em pequeníssimas cidades — menos de três mil habitantes — no interior do país. A maior parte dos tios ainda tem seu gado, suas terras, escolheram se manter nelas. Meus pais, um pouco mais velhos, optaram por morar na cidade, uma cidade mais roça que outra coisa, os laços comunitários todos mantidos e os hábitos antigos também. Não é possível imaginá-los comprando bife, filé, picanha no supermercado. As carnes aqui têm outro nome e eles as veem virar carne. Já não boi, agora carne. Ainda boi, depois a carne.

Fomos no carro de minha irmã, a irmã que ainda não existia naquela manhã em que nosso pai despontou contra a casa azul, a área das samambaias. Naquela manhã ainda éramos meu irmão e eu, cúmplices. Agora somos vários irmãos, a minha irmã não é só a minha irmã, é quase impossível falar dela no singular. São duas irmãs, nascidas no mesmo dia, cinco minutos a diferença de idade entre elas, e nos acostumamos a chamá-las de "as meninas", como no quadro de Velásquez. E há o outro irmão, o mais novo, o mais bonito de todos, o mais doce também. No carro, minha irmã e meu pai na frente, ele de chapéu, ainda que chovesse um pouco nessa hora, atrás meu irmão e eu. Meu esforço para vê-lo já grande, nós agora grandes, ainda vivos. O caminho para a fazenda sem nenhuma casa, nenhuma construção. A estrada de terra ladeada pelas árvores, primeiro os eucaliptos, fonte de renda e proteção da terra, depois as outras árvores, canela, angico, cortiça, grumixama, louro, cedro, caroba. Perto das casas da fazenda, já se mostram as árvores frutíferas, guabiroba, que só existe aqui, uma frutinha amarela, com um sabor muito diferente de tudo, uma carne como a do pêssego, difícil de comer porque os bichinhos a adoram e você pode sempre morder um deles, araticum, em cujos galhos passava meus meios-dias com meu irmão, enquanto nossos pais faziam a sesta, as jabuticabeiras, laranjeiras, mangueiras, bergamoteiras, pessegueiros. Os pés de ameixa que são outros, mas de onde caí numa manhã do dia dos professores ao alcançar uma cachopa e bulir com as abelhas que me vieram todas na cara e se grudaram nos meus cabelos, dispensando tantos ferrões que tive vertigem e despenquei como um saco, como despencou a mulher da janela do sétimo andar na rua do Catete anos atrás. Despertei sobre umas folhas macias, eram urtigas, meu corpo ardendo, o zunido das abelhas, a dor horrível na cabeça e no corpo todo, os gritos da minha mãe, a correria que me levaria até ela e meu pai, prontos para me livrar da dor com gelo e facas que funcionavam como imãs retirando os ferrões. Depois as vizinhas em procissão, a narrativa de minha mãe, entre orgulhosa e chorosa e a constatação invariável "poderia ter morrido". As gêmeas pequenas chorando na sala, os olhares dos estranhos sobre o meu corpo só de calcinha, inchado das picadas e das urtigas. Nenhum osso quebrado, sobreviveria.

Descemos do carro, os quatro ao mesmo tempo. Maritânia nos recebeu solícita, mas mais que isso, alegre, os dentes perfeitos, coisa estranha à minha família, toda de dentes falhados, irregulares, com frestas na frente, frestas como as das paredes feitas de tábuas, seus dentes perfeitos, seu rosto bonito, polonesa e não italiana, pernas fortes, as botas sujas de outras matanças. Caio cumprimentou meu pai e foi indicando o lugar no potreiro onde estavam separados três dos melhores novilhos, para nossa escolha. Maritânia nos levaria, mas antes nos disse que não nos assustássemos com os cachorros; assim que Caio ligasse o motor da fubica, eles saltariam de onde estivessem, não nos atacariam, mas viriam brincar nas nossas pernas e enquanto ela falava já os cachorros, já o barulho, algum susto, tudo acontecendo depressa, o barro e a merda do potreiro sob nossos pés, um cachorro sujíssimo, marrom, como um lobo imenso quis brincar comigo, me lambeu as pernas, me cheirou a bunda enquanto eu parada, petrificada, diante daqueles monstros que apenas brincavam, eu não podia acreditar. E então outro cachorro, maior, com uma cara de raposa, focinho longo, pelo curto, cor bege, de cachorro, não de urso, veio lamber a minha mão e a Maritânia, Sai filhos, elas têm medo, e já pra nós — só agora eu me dava conta de novo de minha irmã e dos outros — Ah, eles não fazem nada. E então mais dois cachorros menores nos rodearam e outros mais saíram do paiol e já eram onze que latiam e nos levavam para a cerca de madeira em que subiríamos para ver melhor os bois e escolher um.

III

Eles não têm nome, mas números pendurados nas orelhas, escolhemos o mais simpático, mais gordo, o Mais bonito, meu pai disse, da mesma cor do cachorro com focinho de raposa, entre o bege e o marrom. O de número 45. Ele e não outro foi tocado pelo Caio a um cercado menor, teve uma corda amarrada no pescoço e a outra ponta amarrada na fubica, e era Maritânia que retesava a corda, a amarrava com força, sempre sorrindo e olhando para nós, como se a dizer Aqui fazemos assim, é tudo com cuidado, ele não vai sofrer nada, vai dar tudo certo, vocês vão ver. E, de fato, Caio ligou o motor, foi devagar um pouco à frente e o boi 45 andou, não havia mesmo saída, contorceu seu pescoço como podia, Caio deu-lhe tempo, olhando sempre o boi, nunca pra nós, e então andou mais um pouco pra frente, o boi obedeceu, de novo não havia saída, parou, se contorceu, tentou recuar, se soltar da corda, não emitiu nenhum som e então, já um pouco mais para a frente boi e homem pararam, Caio saltou do motor e foi para a carroceria da fubica, constatou a distância entre ele e o boi, viu que era maior do que desejava, voltou ao motor, encurtou a distância puxando um pouco a corda, dando um novo nó. Maritânia fazia o papel de meu pai na minha infância, de camiseta azul, as botas nos pés, numa mão um balde, noutra a faca, bem ao lado do boi. Caio voltou à carroceria, pegou uma enorme marreta e antes que eu esperasse golpeou a cabeça do boi 45. Uma pancada tão forte, uma pancada tão correta, o boi caiu de imediato e fiquei boquiaberta com a ciência de Caio, a corda tão retesada tinha a distância certa para que o boi 45 pudesse cair e chegar até o chão, imóvel, desacordado, podia jurar que já morto.

Mas Maritânia se aproximou, estendeu a mão com a faca ao marido e ele a enterrou no pescoço do boi 45 que, de novo, não emitiu nenhum som. O sangue saiu alto, pra cima, borbulhava muito vermelho e inundava o chão, os pés nas botas de Maritânia e seu marido. O boi 45 teve um espasmo, Caio retirou a corda, nos disse Já está morto, falta só o coração parar de bater. Então o boi 45 tentou se levantar, ergueu as patas traseiras e o pescoço todo furado, já sem jorrar sangue e tombou outra vez, desta vez esticando definitivamente as pernas ao ar e caindo bruscamente de volta no chão. Busquei os olhos de meu pai e estavam secos. Busquei os olhos do meu irmão e estavam contentes, científicos. Estranhei de repente o milagre da existência de minha irmã, cautelosa, alguns passos atrás de nós.

Então Caio guardou a fubica e voltou com um trator de pás, onde prendeu o boi 45 pelas pernas depois de ter cortado as patas com uma serra, tirado habilmente o couro dos joelhos, buscando a abertura da tíbia por onde passariam os ganchos. E o boi 45 foi suspenso pela máquina agrária, o pescoço dobrado no chão. Estendeu ao meu pai uma faca de cabo branco, pontuda, muito afiada, e meu pai então passou ao papel de coadjuvante número três, os homens retirando o couro, Maritânia lavando o sangue, afastando os onze cachorros, suplicando aos outros bois — dizendo a eles Meus filhos — que fossem embora dali, que recuassem, eles não tinham que ver essas coisas. E os homens tiravam o couro que descia do boi como um grande tapete virado do avesso, fácil, deslizando pelas facas afiadas, sem que se prestasse atenção, agora como se tudo acontecesse sem tensão, sem precisar de cuidado, já podíamos nos ocupar com outras conversas. Assim, quando Maritânia disse Vão embora, meus filhos, Caio pôde dizer Mais dia menos dia vai lhes acontecer o mesmo, se não aqui, assim, sem sofrimento, no abate, um atrás do outro, Assim é o destino. E já podia sorrir enquanto perguntava ao meu pai até onde deveria tirar o couro do rabo, o que significa quanto do rabo você quer transformar em comida e quanto você vai jogar fora, enterrar lá adiante no morro, com as patas, as entranhas e o couro. Ah, um palmo, disse meu pai. E Caio cortou com a serra o rabo do boi, dispensou a um lado, os cachorros saíram correndo a brigar por ele enquanto o homem voltava a se concentrar, tirando o couro, cortando a pele, a gordura, limpando e de repente, nesse trabalho artístico ao qual eu prestava total atenção, esquecida de meu pai, vi o gesto mais incalculável do dia. Caio enfiou a mão e depois o braço inteiro naquela abertura que tinha limpado e trabalhado tão artisticamente empurrando para baixo o que imagino ser o resto de merda dentro da tripa. Depois retirou o braço totalmente limpo, ao contrário do que eu esperava com um pouco de náusea, mesmo assim se lavou e voltou ao trabalho de retirar o couro de sobre o rabo, na parte das costas do boi 45 dependurado.

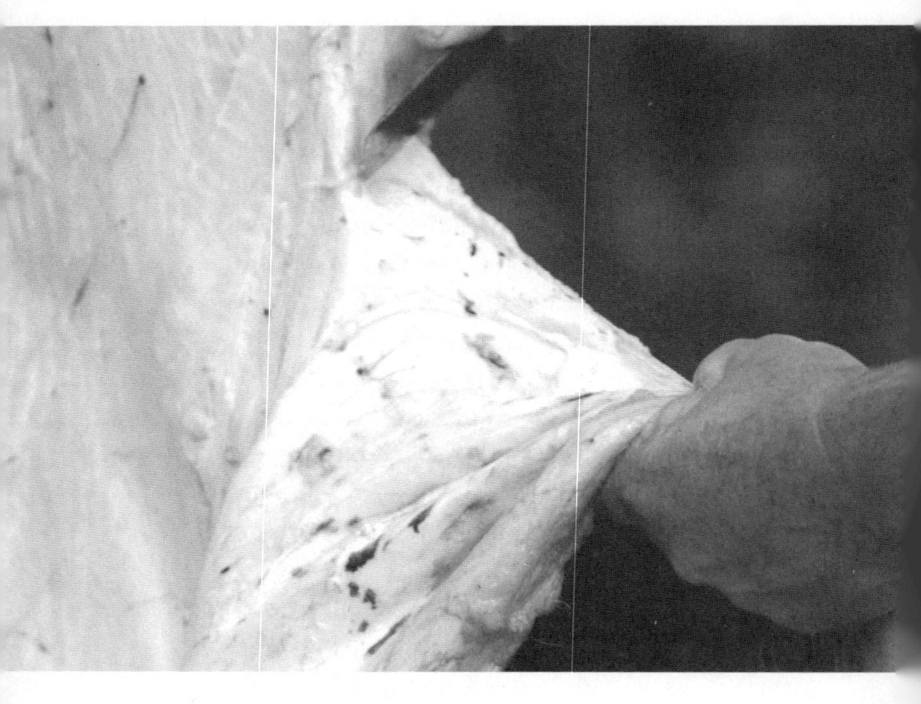

Meu pai trabalhava na parte da frente, já tinha limpado bem o que eles chamam de quartos e a barriga e o couro despencava sob o próprio peso ao menor gesto das facas. Caio deixou de se ocupar desse trabalho fácil e foi rodando pelo boi, obrigando suavemente meu pai a contorná-lo também, tudo sem palavras, em sincronia, habilmente os dois, executando uma tarefa quase intuitivamente. Caio se concentrou na limpeza das partes sob o couro, reveladas quando livres dele. Fez um desenho com a faca ao redor de onde antes de ser castrado ficava o saco do boi e foi retirando a gordura ao redor, mais adiante o membro, mais que uma mão cheia, o mesmo tamanho de um úbere de vaca e brincou mesmo com isso: Vão querer o úbere, disse. A primeira, acho que a única piada desse homem tão pacato, tão meigo e tão cuidadoso com a morte do boi 45. Não disse que Caio é pequeno, magro, apenas um pouco maior que eu, menor que sua mulher Maritânia. Os dois me pareceram tão jovens, não havia nada de selvagem neles. Nada daquele ar de macho nele nem de mulher rude nela, eles me pareciam feitos de outras matérias, diferentes da gente de uma parte de minha família se bem que totalmente iguais a da outra parte. A parte em que os homens não coçam o saco nem cospem pro lado, a parte em que não há maldade, nem medição de forças, a parte em que não há nada a afirmar, a parte em que a vida transcorre numa mesma pasmaceira diária, em que a luta se dá amorosamente entre homens e animais. A piada de Caio, Vão querer o úbere?, deu um ar de concretude àquela cena de destreza e cuidado quase irreal mais conosco, imagino, as moças da cidade, do que com a morte do boi 45.

IV

Mas já o couro todo no chão, revelando a junção no pescoço que separava o que era comida e o que era resto a ser enterrado no morro e Caio começou a abrir a barriga do boi 45, Maritânia com seus braços aparando a buchada e Caio inquisitivo para meu pai, Vai querer os miúdos? E meu pai, Se o fígado estiver bom, sim, e o coração. Então de uma vez foi caindo um enorme volume amarelo e com habilidade Maritânia foi ajeitando a queda até que tudo se acomodasse no chão e Caio extraiu um fígado enorme, roxo, em forma de folha, uma grande folha pontuda. Maritânia pegou-o das mãos do marido e o colocou no balde com água, lavou-o e o entregou ao meu pai, que o guardou num saco plástico, na carroceria da caminhonete de nosso primo que nesse meio tempo já havia chegado para pegar as carnes. Deixei de acompanhar o destino do fígado porque Caio extraía o coração e tive a impressão de vê-lo pulsar. Da enorme veia saiu um resto de sangue escuro, ele o partiu e retirou a veia depois passou-o para a mulher que realizou os mesmos gestos mecânicos de lavar e entregar ao meu pai, o saco plástico, a caminhonete, mas eu fiquei presa naquele coração de boi, de um rosa claro, tão bonito como o coração do Jesus do calendário da minha infância, que prometia a verdade e a vida. Um coração que era vida, um coração que andava pelo gramado, que comia, um coração que era agora comida. De repente olhei em volta, os muitos olhos dos bois vivos, com outros números, e tive a impressão de estar no conto do Tólstoi, Kholstomer, e que quem estava narrando era um deles. Um boi me olhava com fúria e imaginei a revanche dos ruminantes.

Caio foi ao trator e levantou o boi para que pudessem agora, cabeça pendida, cortar o pescoço com a faca, livrar-se da cabeça e do couro, abrir o boi 45 ao meio, limpar a carne do excesso de gorduras, desmontá-lo inteiro, pesar as partes e, enfim, acertar o preço, quem sabe fazer mais quais tarefas antes de tomar banho, jantar e ter uma noite de sexta-feira como outra qualquer.

Quando chegamos à casa do sítio onde haveria a grande festa, com o boi 45 transformado em comida, as duas partes de suas costelas que seriam espetadas na terra, cercadas de fogo e regadas com cerveja, a algazarra ao redor, todos nos esperavam, cada um com sua faca, a serra para cortar os ossos, para a grande divisão. De um lado, as costelas para a festa; numa bacia, o coração, o filé e outros pedaços que pareciam os melhores aos olhos dos cortadores, separados para o churrasco de logo mais, e em duas grandes mesas, o restante das duas metades, pertencentes às duas famílias — a minha e a de uma das tias — que compraram o boi 45 e que encheriam de suas carnes os congeladores de suas casas. Comida para muitos meses. Era noite e cortávamos as carnes. Todas as mãos ocupadas, inclusive as minhas. Me ocupei das carnes difíceis, próximas dos grandes ossos, que iam formando um monte para depois serem moídas e encher os pastéis que nossa mãe faria, e encher as panquecas que meu irmão gostava, e misturar-se com batatas num picadinho saboroso e bem temperado. O cheiro de carne, daquela carne quente, mole, difícil de cortar, ainda está nas minhas mãos hoje, quando já tomei alguns banhos e me sento diante das grandes costelas a assar no círculo de fogo, sob a inspeção de minhas irmãs.

V

Hoje lembrei de uma amiga e de suas fotografias enormes numa tarde perdida do passado. Aline me mostrava algo que parecia apenas carnes amarradas umas às outras. Carnes brancas, de gente viva. Uma das partes era de uma pele enrugada, flácida, fofa, parecia macia ao toque. A outra era igualmente branca, mas rígida, preenchida, sem espaços moles entre a pele e o osso. Uma camada dura, redonda. As duas carnes estavam amarradas por um barbante. Numa, o barbante não fazia reentrâncias, noutra era como se a pele sem preenchimento pudesse ser moldada ao gosto do barbante, formando espaços novos, redondos, quadrados, retangulares, como uma cidade vista de cima, pela janela de um avião. Uma, uma pista de aterrissagem com pequenos obstáculos, outra um sertão na seca. Eu pensava numa lata de banha. Num bloco de banha quando sai da lata. Um quadrado duro, que sob o efeito do calor natural vai se derretendo e deformando sem que o barbante possa amarrar qualquer forma. Naquela época, Aline me disse: "Minha avó é a pessoa que mais amo no mundo e ela está indo embora, então esse foi o jeito que encontrei de me prender mais fundo nela".

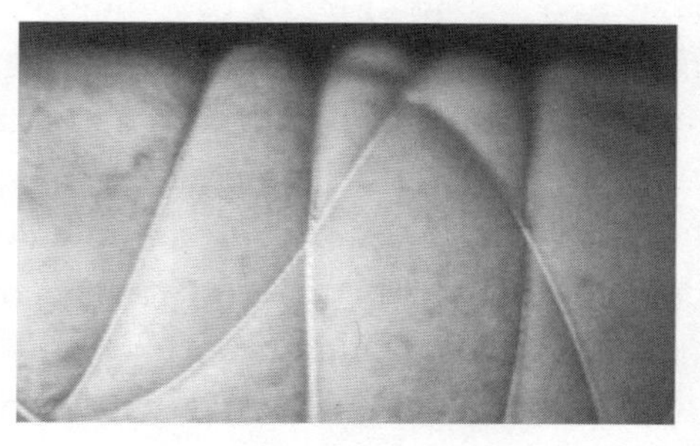

Memória tangente, Aline Essemburg.

Na última vez em que estive com minha avó — a nona Magri — ela era uma criatura sem carnes. Só havia uma pele que se desmanchava ao toque e ossos, muitos ossos. Eu olhava pra nona amada da minha infância e via uma estranha numa cadeira de rodas, completamente atormentada — e atormentada por mim. Quando eu passava por seu ângulo de visão, ela me olhava e gritava e chorava e dizia "A menina, a menina", eu a abraçava, ela se acalmava e então voltava a gritar "O rio, a menina, a menina". Sempre dizia "a menina" duas vezes e uma só vez o rio. Eu a abraçava mais, tendo consciência de que era o último dia em que a veria viva. No dia seguinte eu voltaria ao Rio de Janeiro e depois receberia o telefonema. E não iria ao enterro. Ela via em mim um perigo passado que envolvia uma menina e um rio. Eu ouvia essas palavras e me culpava pelo aborto recente. Via morrer a minha menina num rio de sangue. E abraçá-la não me trazia paz porque não encontrava mais a nona da infância, o dia em que descobri como era agradável ao toque a pele flácida de um rosto de velha. Gostaria de ter me atado à minha avó, como a Aline Essemburg, mas à minha avó de quando eu era uma criança, sem perigo de morte, naquela tarde no quarto das minhas tias, a tarde em que eu depilei as sobrancelhas com a gilete e que minha avó me encontrou como uma carne sangrenta, uma menina descabelada, de vestido amarelo, pés descalços, gilete na mão e sangue sobre os olhos. Nessa tarde ela me ergueu do chão, me beijou muito, me limpou, acalmou o meu choro e me olhou com os mesmos olhos de pavor de quando gritava "A menina, a menina". Só que eu era outra e lembro de ter erguido a mãozinha e dito Nona, como é boa a sua carne mole. Minhas tias riram e eu dormi depois. Minha nona é sempre essa, de grandes olhos azuis, cabelos brancos com duas fivelas idênticas, uma para cada lado da cabeça, chanel, lisíssimos. Na verdade, ela era terrível, mas me aparece terna, doce, limpando meu sangue infantil.

Mas tem uma outra pessoa, ainda viva, em quem eu penso quando penso nas fotos da minha amiga Aline. E penso em como é possível que haja uma separação tão grande entre nós. Nos últimos anos, desde que a infância acabou, não tive mais nenhum contato com o corpo dela. O corpo da minha mãe ficou interditado pra mim. Desde que eu passei a ser sua "visita", desde que me casei pela primeira vez, ou antes, desde que saí de casa aos treze, ou antes, desde que os outros bebês nasceram, aos meus oito, não há mais o corpo de minha mãe. Nos cumprimentamos com beijos nas faces, nos abraçamos quando chego ou saio nas minhas visitas anuais, mas é um contato artificial, eu nada sinto, ela nada sente. Sou uma estranha que vem e vai uma vez ao ano. O que aconteceria se eu me amarrasse, com um barbante, ao corpo de minha mãe, sem roupas? Como seria sentir de novo esse contato com esse corpo que amei tanto quando era bebê, quando era criança e que, depois, deixei de amar de modo tão definitivo, como se fosse natural?

Se eu fosse exibir uma foto, seria a de uma mulher alta, iluminada de baixo para cima, o que alonga sua figura, e uma criança arrodilhada a seus pés como um animal indefeso. Há medo, há vergonha, há raiva e há entrega. Não sei quanto amor há.

E se fosse uma sequência de imagens, as cenas fortes se apresentariam fora de ordem — a criança que chora até apanhar, vomitar e dormir — a criança que desmaia — a criança que tem asma — a criança que não consegue fechar os olhos quando alguém morre ou se mata — a criança que tem medo que o pai ou a mãe se matem por causa dela — a criança que teme morrer por não ser boa aos seus pais — a criança que quer ir embora porque não pertence àquele lugar, porque não entende como foi nascer ali, desses pais, desse lugar — todas essas crianças eram eu. E todas essas ainda crianças sou eu.

De todo esse filme que tento assistir, só vejo dois modos em que meu corpo e o de minha mãe se tocam depois que eu tenho consciência do movimento que faço para que haja a sensação de duas carnes independentes que se tocam. Uma: a cena do piolho. Meu irmão e eu e a tortura do pente fino. Minha cabeça ficava sobre as coxas da mãe e ela passava o pente que passava os piolhos da cabeça para o pano branco. A fúria da mãe diante da enorme quantidade de piolhos. O cheiro que exalava do meio das pernas da minha mãe. Suas coxas grossas, suas mão duras. Não era agradável. Outra: Eu de novo pequena, de vestido amarelo, sem as sobrancelhas sangrando, mas com o peito explodindo, erguendo meus braços frágeis e trêmulos em direção a ela, que se aproximava e me abraçava e me fazia sentar melhor, afofava meus travesseiros no sofá da sala e prometia que a asma já ia acalmar.

Há toda uma beleza cruel, há todo um amor desesperado, há muitas promessas em torno de uma filha que sufoca e uma mãe que passa a noite ao seu lado, muito próxima, a fim de evitar esse sufocamento, a fim de minimizar a sua dor. É uma promessa, um pacto de amor exigido pelas duas. O pai não há, ele não significa nada na hora da asma. Só existem as duas sofredoras, a mãe e a filha. A asma vinha duas vezes por ano. Uma na passagem do outono para o inverno e outra na passagem da primavera para o verão. Há toda uma relação com minha alergia a pólen, há toda uma ciência da inflamação dos brônquios, mas a doença era chamada de asma e depois de bronquite asmática. E a crise durava 24 horas. Eu não tive asma de usar bombinha caso corresse ou se fizesse muito esforço. Meus brônquios inflamavam e eu quase morria, ou acreditava que morreria, duas vezes por ano. E esse ritual de morte era vivido por minha mãe e eu. Eu pressentia o que chamávamos sintomaticamente de "ataque" [A asma vai me atacar/ Ela está atacada da asma], uns dias e às vezes até uma semana antes, o que me tornava uma menina dócil que eu não era normalmente, uma coisa leve a se mover pela casa, como alguma coisa que sofre exageradamente pelo medo do ataque que vem e tudo aceita, tudo teme, faz tudo o que a mãe manda para tentar evitar o ataque mas é tão certo que ele venha como é certo que o sol nasce de novo. E a batalha começava assim: tosse, dificuldade de respirar, medo e tristeza de minha parte; da parte dela xarope de agrião com mel, mamão cozido com mel no forno, massagem com banha de porco no peito e nas costas — mais tarde descobriram-se as propriedades do barro virgem —, infusão de eucalipto; agasalhamento exagerado; rogos para que ficasse dentro da casa e nada fizesse que pudesse me cansar. Talvez fosse essa a coisa mais almejada inconscientemente. Não fazer mais nada. A entrega completa. Tudo se reduzia a uma atenção à capacidade de respirar e a tentar passar mais uma noite sem que fosse a noite do ataque, que representava as últimas 24 horas da asma e a libertação desse ciclo, desse retiro, dessa grande prova de morte e de vida, dessa renovação do amor e do laço que une a mãe e a filha.

Lembro de dormir sentada, sempre longe do quarto, no sofá da sala, o lugar maior da casa. Lembro de tentar dormir, mas dormir e respirar eram coisas incompatíveis e se eu dormisse um minuto e esquecia de respirar entrava num estado de descanso, de paz completa, onde eu queria ficar, mas aquilo era a morte e não o sono e logo vinha a exigência da respiração e o desejo de morte porque respirar pra mim, naquela hora, era o mesmo que puxar uma carroça morro acima, era a pedra de Sísifo, sem que nunca se alcançasse o topo. Alcançar o topo e parar de puxar a carroça, parar de empurrar a pedra, era o descanso e era a morte. E quando eu suava e quando eu não aguentava mais, ainda vejo meus braços em direção a ela, as lágrimas de sofrimento que caíam dos olhos e o pedido mudo de Me salve, mãe, por favor, não me deixe morrer, Me ajude a respirar. E ela sempre estava ali e acordada porque acompanhava o esforço e já estava com alguma medicação caseira à mão para aliviar temporariamente o meu sofrimento que descia do insuportável para o suportável por algum momento e logo a exigência da subida voltava. Ela sofria a asma comigo. Como eu podia fazê-la sofrer tanto? A asma a obrigava a me amar, a asma a punia por não me amar sempre assim?

Mas a asma também me tornava vulnerável e me fazia depender dela. E lembro do sentimento anterior ao ataque, lembro dos dias que antecediam esse rito de amor, como algo que eu abominava em mim porque não via como uma punição da mãe, mas como uma fraqueza inconcebível minha. Era essa fraqueza que me obrigava a me manter ligada a ela. Era isso que não me permitia ir embora, era isso que me fazia sua escrava, que me fazia ligada a minha algoz. A asma me impedia de odiá-la sempre, de desprezá-la, de ir para longe dela sem remédio. E ela jogava com isso. Quando brigávamos ela sempre me lembrava que a asma viria e que eu precisaria dela. Quero ver você dizer te odeio quando estiver com asma. Mas quando eu não estava com asma, eu dizia. E era só revide ao ódio que eu achava que ela sentia por mim.

A carne da minha mãe era esse abraço da asma. Era seus braços grandes, fortes, me erguendo frágil do sofá da sala, era a promessa de que tudo ficaria bem se eu pudesse contar com aqueles braços. Mas os braços da minha mãe estão longe, estão inacessíveis mesmo se perto. O corpo da minha mãe anda por aí e respira, como respirava e andava por aí o boi 45, mas nossa relação agora é a mesma do boi 45 e eu. Cada uma na sua fazenda, esperando seu dia, separadamente, olhando o que acontece ao redor com o mesmo espanto, com uma incompreensão bovina.

VI

Penso no corpo do homem que eu amo. Ele deitado nu no chão da minha sala. Penso no que sinto quando meu corpo toca esse corpo que conheço há tão menos tempo do tempo que conheço o corpo de minha mãe. Penso no quanto me tornei dependente de repente do aconchego desse corpo que até há pouco era como o do boi 45 um dia antes de eu pisar naquele curral. O corpo antes de ser o corpo amado poderia, tão branco, ser o corpo de um bicho.

VII

Um dia claro. É de manhã. Tão de manhã que o sol já nasceu mas ainda vai precisar de alguns minutos para aparecer meio amarelo. Vou com meu pai ao chiqueiro, de botas, como ele. Brancas, de borracha. Iguaizinhas as da Maritânia e do Caio no dia da morte do boi. Meu pai leva no braço esquerdo uma lata de quirela. A mão direita vai solta no mundo e eu vou atrás, quieta, olhando muito. Meu pai, depois, vai espalhar a quirela nos cochos, pegando de dentro da lata, com a enorme mão direita, punhados, palmadas de quirela. Depois, quando a lata já estiver semi-esvaziada, vai virar a lata, devagarinho, pra lá e pra cá, com as duas mãos. A quirela, a cor amarela, acaba de ser vertida e então olho os porcos. A maioria já se levantou, meu pai já molhou a quirela, e eles vão comer. Alguns levantam correndo, em grandes arrancadas e resvalam na merda quente do chiqueiro. Eles dormem na merda, no quentinho da merda. Vejo uma espécie de vapor quente que se ergue com o sol e se confunde com a serração que vem do riacho, logo abaixo das fossas do chiqueiro. As bananeiras e as outras árvores crescem viçosas na margem. Ao lado, no outro cercadinho, há uma porca enorme que deu cria há algumas noites (por que as porcas dão cria de noite?) e é bonito ver os muitos porquinhos mamando nas tetas pequenas. Sempre têm umas dez tetas e uns doze porquinhos, sempre tem dois menores, que não conseguem suas tetas. Sempre a porca precisa tentar se levantar, dar patadas nos maiores e mais afobados e proteger os mais fracos. Isso sempre me impressionou. Sempre morrem alguns. Agora, por exemplo, meu pai pega um deles por uma perna, constata que está morto, joga no balde que usou para encher os cochos de água e que trouxe do riacho fresquinha. Deixa o balde de lado e com a pá empurra a merda toda na vala de concreto, de onde ela escorre para as fossas com ajuda de um fio de água corrente. Em breve o chiqueiro vai ser destruído porque as fossas estão muito perto do riacho, o agrônomo falou. Mas enquanto isso não ocorre, meu pai faz seu trabalho e eu observo meio trepada nas cercas de madeira que compartimentam todo o chiqueiro. De repente sinto vontade de me deitar ali com a porca, ser a porca, amamentar meus porquinhos. Ou então mamar nas tetas da porca na quenturinha, na fofura da merda. Parece muito bom ser porca, mas meu pai não deixa.

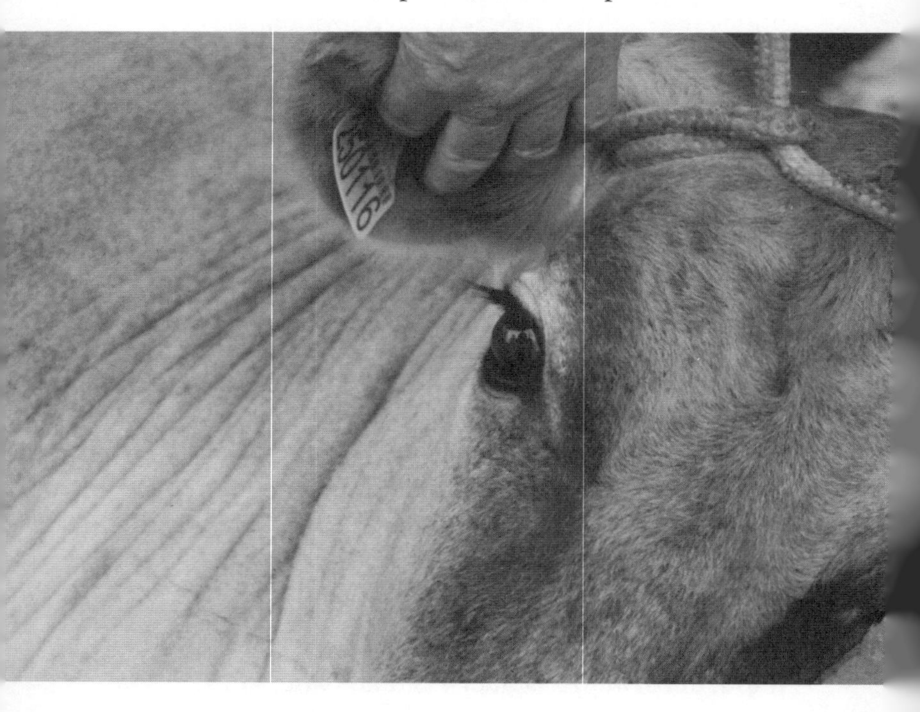

VIII

Eu me perguntava se as vítimas sabiam que iriam morrer. Ao descrever o sacrifício de uma mulher, Bataille não deixa dúvidas: "De modo algum deixavam-na saber que iria morrer, pois sua morte devia ser para ela súbita e inesperada." Mas logo em seguida, diz que os condenados nada ignoravam de seu destino e mesmo assim deviam passar a noite dançando. Era comum embriagá-los e oferecer-lhes alguma mulher, diz. Assim, parece que os homens sabiam, as mulheres não. Mas Bataille não é nada claro. Páginas adiante fala de uma escrava que dançava chorando, suspirando, oprimida pelas angústias diante do pensamento da morte próxima. Saber ou não saber tinha a ver, parece, com a deusa que representavam. A mãe das deusas não deveria saber; a Ilamalteculti, sim. Os que representavam os deuses masculinos, todos, sabiam. Os mais fortes conseguiam comer na última noite, os menos fortes não conseguiam engolir a comida.

Lembro de um boi grande, jovem, gordo, que por alguns dias ou meses — na infância não temos noção do tempo, ou o tempo é outro — trabalhou como boi de canga, o que quer dizer puxar a carroça e o arado, e, portanto, tinha nome. Era Pintado. Então um dia em que meu irmão e eu estávamos na carroça, ao chegar em casa, meu pai — nosso pai — desatrelou o boi — tirou a canga — soltou-o para que entrasse no potreiro e disse: — Vai, Pintado, que amanhã é seu último dia de vida.

— O Pintado vai morrer, pai?

— Amanhã.

Então, pensando que meu pai era Deus e que sabia de tudo o que iria acontecer, perguntei por quê.

— Vamos matá-lo.

E meu irmão: — Pai, não mata o Pintado. Ele vai ser bonzinho amanhã e depois. O pai riu e disse que ele não servia pra canga e por isso serviria pra mesa. Foi aí que entendemos que todos os nossos animais tinham função. O Pintado, que era teimoso, seria sacrificado. Ele seria uma coisa de comer. Meu irmão e eu passamos bom tempo antes de dormir nos perguntando o que o Pintado estaria fazendo e se ele sabia que iria morrer. Nosso pai tinha avisado, mas ele teria entendido?

O mais terrível era não saber se os animais sabiam ou não que iriam morrer, se eles sentiam ou não com antecedência. Na hora em que estavam sendo mortos, eles sabiam, eles sentiam não só a dor, mas também a angústia, porque, do contrário, por que se recusavam à corda e à faca? Por que tentavam fugir? Mesmo as galinhas, quando íamos buscá-las no galinheiro — era nossa tarefa —, por que fugiam? E por que cacarejavam desesperadas quando nossa mãe estava prestes a torcer-lhes o pescoço?

Agora já adulta, no dia em que disse: — Pai, acho que esse aí é o melhor, eu escolhia o boi 45 pra ser morto. O mesmo que dizer: — Quero comer esse aí. E pronto, seja feita a sua vontade. Entre os três oferecidos pelo criador, escolhi ele. De que lhe valeu ser o mais bonito? Meu coração acelerava quando eu dava zoom no app de fotos do telefone e clicava. Será que ele pressentia o que estava prestes a acontecer? Ele sentiria? Saberia? A princípio, ele foi sossegadamente. Mas então percebeu algo porque se recusou a continuar andando. Mas o mais estranho, a partir desse momento, foi ver os outros bois e vacas vendo tudo. Eles se recusavam a ir embora e nos olhavam muito fixamente, como se protestassem ou fossem solidários.

Todos aqueles olhos acusativos.

IX

Uma vez um amigo me deu uma imagem. Ele tinha sonhado com uma menina de branco e cabelos pretos compridos, que abria um baú e oferecia a ele, ainda sangrando, um coração. Mas o que tocava na imagem era uma frase, um verso, já que ele é poeta e era simplesmente "O coração de um bicho". Usei isso no meu romance anterior porque por mais que eu tentasse esquecê-la, a frase — e a imagem da menina magra, com cabelos desgrenhados pretos e compridos, uma imagem já mais minha do que dele — não se afastava de mim e durante um ano ou mais ela me perseguiu em sonhos e toda vez que me sentava pra escrever. Podia ser uma cena de terror, mas quase sempre, embora um pouco assustadora, ou apenas desconfortável, era até sublime. O mais difícil era quando, na imagem, a menina desconhecida tomava o aspecto de uma fotografia da minha infância e então eu sentia o coração quente, sangrento, e ainda pulsando, nas minhas mãos.

Então, naquele dia de outubro, quando viajei para a casa dos meus pais e escolhemos e vimos matar o boi 45, um boi completamente desconhecido, embora eu o tenha escolhido no piquete, pensei em como seria quando arrancassem o coração do boi. É tradição, e na minha família não poderia ser diferente, assar e comer o coração no dia da matança ou no dia seguinte. Enquanto todo o ritual acontecia, me fixei nestas duas imagens: a menina, eu, com o coração em oferta entre as mãos e, depois, o coração sendo comido pela família, a textura que eu bem lembrava, o sabor um pouco amargo, forte, mas bom, que tantas vezes experimentei na infância. Um ritual corriqueiro: duas vezes ao ano era preciso matar o boi, encher o freezer que ia se esvaziando na medida em que nossa mãe preparava as carnes, alimentava a prole. O boi, então, era apenas uma coisa, apenas alimento, apenas a carne que comíamos com alegria na nossa mesa em forma de tantos pratos. Mas por que a cena tem algo de insólito? Por que esse coração sendo arrancado — embora o boi morto — sendo lavado e depois assado e comido desperta em mim uma pequena aflição? (E como mostrar essas fotos às pessoas?) A que me remete esse coração? Talvez o pensamento em forma de pergunta que meu superego não queria deixar vir completamente à tona seja — E se fosse o coração de um homem? Enquanto a Maritânia lavava o coração do boi, a frase começou a aparecer "Arrancavam o coração ainda palpitante e assim o elevavam ao sol". O ainda palpitante era o que me chocava. Verifiquei, o coração do boi não estava palpitante.

Quando estive no México e subi ofegante aqueles degraus todos da pirâmide do sol sentia meu coração bater e o sentia na boca e lembrava que as vítimas dos sacrifícios ao sol eram humanas. Eram uma eu, um você, e elas dançavam ao subir e então tinham o coração arrancado enquanto ainda vivas. Lembrei do filme *Apocalypto*, do Mel Gibson, e da cena, pra mim chocante, em que Jaguar Paw está deitado sobre o cepo de pedra, com o peito nu, e no instante em que teria seu coração arrancado ocorre um eclipse, o que é interpretado como uma recusa do deus sol, que já estaria satisfeito. Mas menos espetacular e ainda mais chocante — pra mim as cenas lidas são mais intensas que as cenas vistas — é a descrição de Bataille do sacrifício humano entre os astecas, quando escreve sobre uma das vítimas, que realmente é morta, e assim torna mais doloroso o exemplo.

Nas proximidades da Páscoa escolhia-se um jovem de "beleza irrepreensível" entre as vítimas (geralmente um prisioneiro de guerra capturado em batalha e oferecido pelo sacrificante, o seu captor, que tinha por ele grande respeito, já que os que seriam oferecidos eram tomados como filhos e a eles tudo era dado). Esse jovem vivia como um grande senhor um ano inteiro depois de ser escolhido e era tomado como a imagem de um deus. Era adorado, portanto. E vinte dias antes do sacrifício entregavam-lhe quatro mulheres, que ganhavam nomes de deusas e só o abandonariam nas escadas da pirâmide na hora do sacrifício. "Quando atingia o cume da pirâmide os sacerdotes lançavam-no sobre um cepo de pedra e enquanto o mantinham deitado de costas, bem segurado pelos pés, pelas mãos e pela cabeça", o sacerdote que segurava a faca de obsediana "enterrava-a de um só golpe no peito do jovem e então arrancava o coração palpitante e oferecia-o ao sol".

Quando li essa passagem pela primeira vez, tremi de horror. Não absorvi nada do livro de Bataille senão essa cena. No dia em que me lembrei dela no alto da pirâmide com a Cláudia, o dia em que quase perdi meu dedo indicador para colocá-lo no ponto do tamanho de uma moeda — era o dia em que havia uma abertura, o dia em que o sol nos olharia e receberia nossos sacrifícios, atendendo nossos desejos mais íntimos — no dia em que lembrei me deitei de costas segurando meu dedo dolorido e me imaginei ali, sem coração. Uma multidão zunia ao meu redor e eu estava vazia, vazia. Sem coração.

Depois, quando lembrei da cena olhando o coração inerte sendo lavado, pensei que outra vez estava cheia, embora meu coração estivesse apertado e batendo sofregamente. Fui eu que tomei o coração das mãos da Maritânia e o levei, cuidadosamente, até a carroceria da caminhonete. [Ou terá sido meu pai? — Não, fui eu, fui eu.] Os cabelos, agora vermelhos, ainda desgrenhados, estavam soltos, eu já não era a mesma menina que oferecia o coração de um bicho. Uma mulher, em seus quarenta anos, hesitante. — Então isso é um coração?

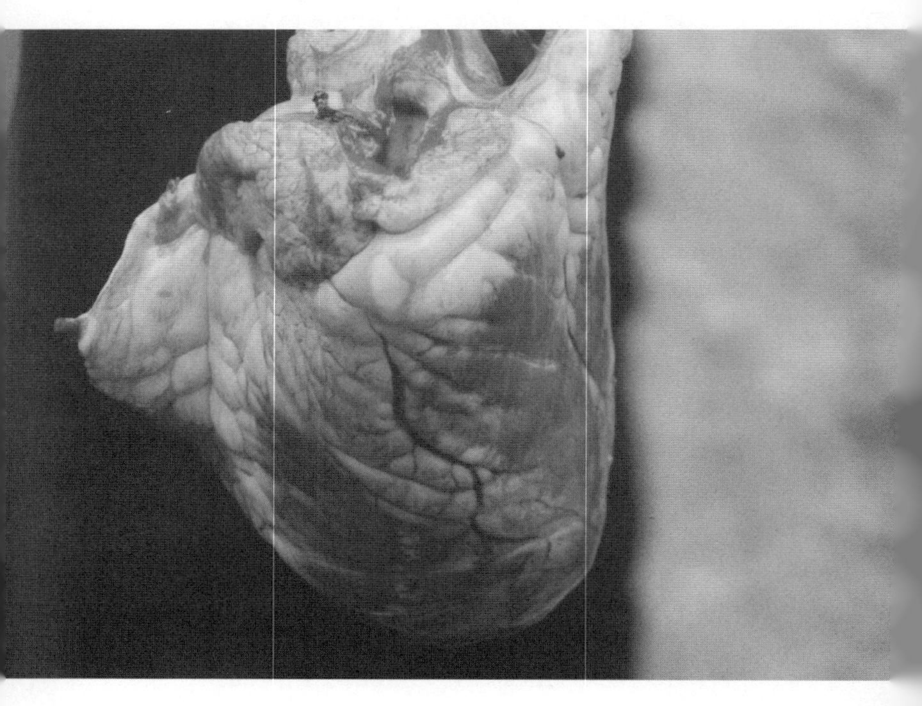

X

"Nas mãos enluvadas o legista segura o coração. Parecia uma pera escura. — Duzentos e vinte e cinco gramas, disse ele, pesando na balança". É o Rubem Fonseca, em *Os prisioneiros.*

XI

Como era tarde, na noite das carnes não assamos o coração. Meus tios ficaram sozinhos na casa do sítio e no dia seguinte seria feita a partilha e a guarda. Era o dia da festa e seriam assadas, durante seis horas, as costelas do boi. E então, durante os preparativos da festa, ao meio-dia, o coração foi assado e comido. Me sentei em frente à minha mãe e comemos. Em algum momento, no meio da conversa, minha mãe falou, fingindo ingenuidade:

— Para o tanto de filhos que temos, temos poucos netos. Não sei por quê, nenhuma das minhas filhas quis ter filhos.

O coração começou a crescer na boca. Era difícil de engolir. Ou ela esqueceu, ou quer me machucar porque sobre mim e sobre minhas irmãs há a proibição dela. As frases ainda estão vivas. — Filho estraga a vida.

— Você vai ver quando tiver seus próprios filhos!

— Faça o que quiser, só me prometa que não vai ficar grávida.

— Estude, não tenha filhos.

— Assim como o filho, homem também estraga a vida.

— Você não pode errar.

As garras da minha mãe chegam a te alcançar.

Ela parece ser feliz com seus cinco filhos [Só Deus sabe o que eu sofri] e o amor do nosso pai. Mas o medo de ver uma filha perdida, mãe solteira, amargou o tempo em que crescemos e mesmo que ela não quisesse dizer "Não tenha filhos nunca", mas "Tenha filhos só depois de ter uma profissão", "Só depois de se casar com o homem certo", o impedimento dela ressoou num para sempre. Só um dos meus irmãos tem filhos. Duas meninas. Porque com o homem não há problemas, ele pode ter filhos.

A sua frase "Para o tanto de filhos que temos, temos poucos netos" amargou o coração do boi. Não foi a frase. Foi o modo como ela a disse, como se não soubesse, não entendesse, como se isso não fosse a questão de nossas vidas, das três filhas. O modo cândido, doce, de dizer me tirou a força de mastigar.

Acho que eu gostaria de arrancar o coração da minha mãe.

Mas continuei quieta, comendo, como se nada tivesse acontecido. Fazia o coração me dizer: Você já é adulta, Ieda, você pode fazer o que quiser, inclusive pode escolher não se comportar como uma criança, pode escolher não começar a chorar agora, na frente de todo mundo. Você já tem quarenta anos!

Então algo novo aconteceu. Terminamos de comer e minhas irmãs e eu fomos buscar o sal grosso para o preparo das costelas: a primeira camada de sal, colocá-las nos espetos gigantes que seriam presos ao chão, fazer o círculo de fogo. Foi para isso que viajei muitos quilômetros, estava esperando justamente esse momento, eu aprenderia, com minhas irmãs, a fazer essa coisa mágica, assar as costelas inteiras num círculo de fogo, a festa acontecendo ao redor, era isso que justificava a matança do boi, era a hora do prazer e da alegria. Ia começar, eu esperava isso como uma criança espera para brincar com um brinquedo novo. O chope já estava gelado, instalado, as mesas sob as árvores estavam sendo cobertas com toalhas brancas, o chão da casa lavado. Já era a festa.

A festa de preparação da festa. Os cinquenta familiares chegariam em algumas horas.

Mas o sal que deveria ser branco, era temperado. O sal tinha alho. E foi ela quem comprou. Tenho uma alergia séria a alho, não posso comê-lo de maneira alguma. E ela capitalizou isso a semana inteira. Disse que foi difícil encontrar o sal sem tempero, mas ela tinha conseguido! Pagou mais caro pelo sal limpinho, mas, sim, tinha conseguido. O assunto do alho me oprimiu a semana inteira, chamou a atenção sobre mim o tempo todo, me recolocando naquele lugar de menina frágil e doente que habitei na infância. E ela, a minha salvadora.

De tudo, só compreendi uma coisa: ela mentiu pra mim; ela quer me fazer mal; ela me odeia; ela acha que invento minhas doenças; ela me coloca num lugar impossível, eu não a suporto. A cena ridícula enfim começou. Uma menina velha chorando. Chorava por mim, por ela, pelas nossas misérias, pelo coração do boi que se revoltava no meu estômago, pela dor de barriga que viria durante a festa. Ela tinha temperado o coração com alho. Minha própria mãe. Não o cozinheiro do restaurante em que sou anônima, não o garçom mentindo pra mim, a minha mãe, o coração, o alho.

Uma mulher de quarenta anos chorando em desespero, chorando por toda a extensão da infância, no meio de tios, primos, pais, irmãos. Um choro sem contenção. Alto, sonoro, desesperado.

Minha tia podia até ter trocado o sal, mas isso não podia passar pela minha cabeça e meu pai, ao meu lado, atônito, não disse nada. Só tentava defender minha mãe e eu ao mesmo tempo.

— Não sei por que ela fez isso.

Pausa.

— Não foi por mal, ela gosta de você.

Pausa.

— Nós gostamos de você.

Pausa. Soluço. Sei o quanto custa a meu pai dizer isso.

— Não chora, por favor.

E então saía de perto de mim e me deixava chorar em paz a minha hora e então voltava como um gato, me olhava um pouco, sentava no sofá, mas não tocava em mim e então saía entristecido, arrasado, e ia falar com minha mãe, perguntar o que aconteceu. E ficava perdido, andando de uma para outra sem mais nada pra dizer.

Não consegui olhar pra minha mãe. Ela também me evitou até o início da festa, quando foi me buscar na fogueira, perguntando se eu gostaria de ir com ela pra casa, tomar um banho. Mas eu ainda não podia ficar perto dela. Só sua presença me oprimia. Não conseguiria falar, nem tocá-la para uma reconciliação. Desprezei o convite e depois senti uma enorme vergonha. Ela era minha mãe! Eu não podia tê-la humilhado assim na frente das pessoas de sua convivência, pessoas que vejo de ano em ano, mas de cujo prestígio ela, sua vida, depende. E a do meu pai.

À noite, durante a festa, conversamos e nos abraçamos como se nada tivesse acontecido, mas minha dor era imensa. Durante toda a festa, era como se eu não estivesse ali, estava num estado de entorpecimento, o corpo dolorido, e nada daquilo me dizia respeito. Só sabia que algo grave havia acontecido. Algo que não poderia ser reparado. Toda a tensão, toda a violência, todo o sangue derramado do boi se misturava à minha mãe e eu e nós permaneceríamos divididas ao meio.

Era a primeira vez que eu ia "pra casa" sozinha — desde os treze anos, quando saí de lá para o convento e depois pra vida, me refiro assim à casa dos meus pais: ir pra casa. Pouco tempo havia se passado desde a minha separação e era o momento em que a família seria comunicada. Isso me colocava numa condição especial. Num desamparo especial. Ele, meu ex-marido, de alguma maneira, oferecia uma proteção, era uma nova família, nela eu era outra, podia me ver como uma mulher que visita sua família, não se confunde mais com ela. Sozinha foi um enorme fracasso.

XII

"Esfolava-se o morto e um sacerdote logo se vestia com essa pele sangrenta". Ainda Bataille, ainda *A parte Maldita.*

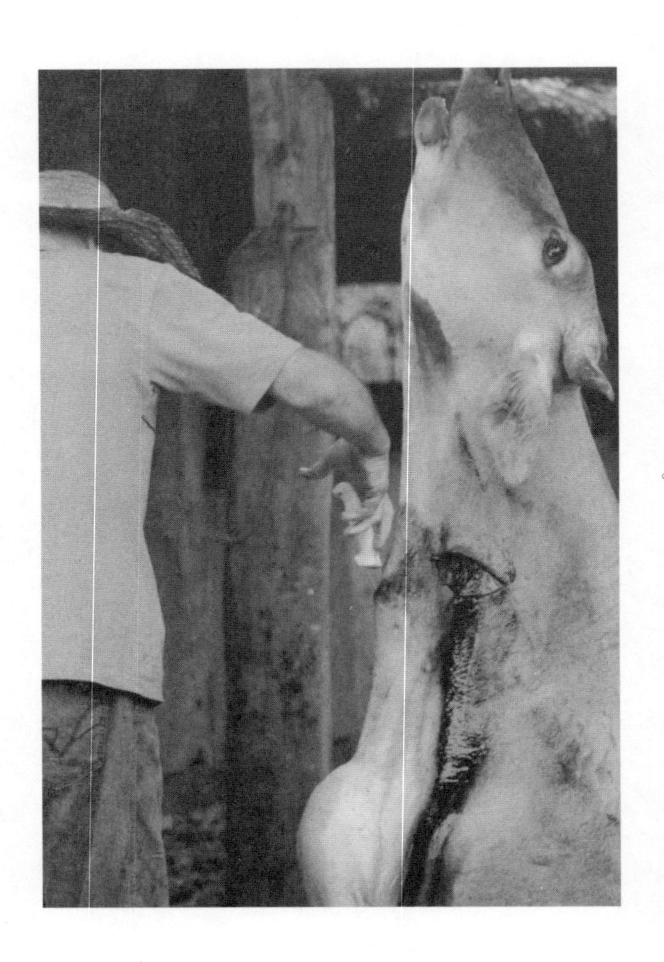

XIII

O que, afinal, causa certa inquietação na imagem do boi sem pele, sem entranhas, pendurado no trator — ou na versão da minha infância — pendurado na árvore?

Numa espécie de lapso, não dura mais que um segundo, projeto a imagem do meu próprio corpo no lugar do corpo do boi. Estremeço ao me ver sem pele, sem entranhas, mas lembro da inconsciência e o tremor passa, o horror não se instala. Depois de morta, não posso ver o meu corpo, a imagem, então, perde força. Penso no seu corpo ali, pendurado e branco, carne exposta, e então o horror se instala. Pouco importa se vejo pelos olhos de um dos bois ainda vivo ao nosso redor ou se pelos meus olhos de todo dia. A analogia com outro corpo — um corpo amado — é impossível de sustentar. Penso no corpo de minha mãe, penso no que tirariam de dentro dela se a esvaziassem. Ela foi esvaziada cinco vezes. Deitada numa cama, mas nua e exposta. Embora viva e embora o coração palpitante — os cinco corações palpitantes que saíram de dentro dela — seja vida, a ideia de um esvaziamento, de um corte que produz sangue e dor, é perturbadora. Minha própria mãe exposta assim para servir a outra vida, a minha, é também algo perturbador. Tenho esse direito?

"A membrana mais abaixo pulsava. O sangue corria para dentro daquilo e a membrana batia para bombeá-lo, parecia se erguer, e então o sangue a banhava de novo e a membrana tinha de bater mais uma vez para bombeá-lo e então se erguer outra vez.

De repente, compreendi que eu estava vendo um coração.

Que coisa mais triste.

Não porque o coração batia e não conseguia escapar, não era isso. Era porque o coração não podia ser visto, porque tinha que bater em segredo, longe dos nossos olhos, claro, era fácil de entender ao vê-lo, um pequeno bicho sem olhos que pulsava e palpitava sozinho no fundo do nosso peito."

É o menino Karl Ove vendo uma cirurgia num programa de TV num sábado à noite. A ideia de um coração como um bicho — um pássaro doente? — lembra a imagem de um feto ou então um bebê sendo retirado do corpo da mãe. Um coração que continua a bater quando arrancado, Um bicho. Eu, o coração de um bicho.

Minha mãe insiste em dizer que não sofreu nada no meu parto. Que, ao contrário, sentiu a bolsa romper, esperou meu pai cuidar das vacas; ele precisou se banhar e demorou um pouco e eu quase nasci no carro a caminho do hospital. Eu quis sair depressa do corpo da minha mãe. Ela se orgulha de ter me deixado sair facilmente.

Quando meu irmão nasceu, eu tinha dois anos, de modo que não me lembro de nada e nem das histórias que ela contou a respeito. Tenho uma só imagem de meu irmão bem pequeno. Do meu ciúme e da minha incompreensão. Minha mãe cozinhava, eu queria colo, ela não podia me dar, então me sentei no chão ao lado do fogão. Ela pediu que eu saísse dali, era perigoso e eu respondi que não tinha lugar pra mim naquela casa. Que idade eu tinha? Meu irmão estava no berço. Quatro anos, três? Posso lembrar disso ou essa lembrança é o que ficou do episódio depois contado pela minha mãe? A verdade é que posso me ver e me sentir dizendo isso.

XIV

"O coração é sítio de uma faculdade, a simpatia, que, às vezes, nos permite partilhar o ser do outro. A simpatia tem tudo a ver com o sujeito e pouco com o objeto, 'o outro', como percebemos de imediato quando pensamos no objeto não como um morcego, mas como outro ser humano." É Elizabeth Costello, na *Vida dos animais.*

Eu achava que nossa mãe não tinha coração. O modo como ela matava as galinhas que trazíamos do galinheiro e como batia nos gatos que tentavam roubar a comida sobre a pia mostrava que ela não tinha nenhuma empatia com os animais. E o modo como nos olhava com raiva ou cansaço nos fazia desconfiar de que ela também não tinha nenhuma simpatia por nós. Eu sentia que os bois tinham coração pelo modo como nos olhavam longamente do potreiro enquanto estávamos deitados na sombra sob a árvore onde eles bebiam água.

O lugar mais fresco das tardes de verão. Eles chegavam muito perto de nós e era como se entendessem o que estávamos falando. O que nunca nos impediu de comer o coração deles.

Assim como nossa mãe, as galinhas também não tinham coração. Eram apenas assustadas e barulhentas. E elas eram muito diferentes de nós. Por exemplo, tinham penas. Por exemplo, os filhos não nasciam de dentro delas. Das vacas, sim. E elas entendiam quando as chamávamos para tirar o leite. Atendiam pelo nome.

Mesmo ao matá-las, duas vezes por ano, nosso pai demonstrava ter coração. Porque seus olhos se enchiam de lágrimas ao matá-las. E porque fazia comentários. É triste, ele dizia. Ou então, Será que sofrem? Ou, Mas é feio de ver, né?! É feio ver um boi morrer.

Nossa mãe não se preocupava com essas coisas. Ela não comentava. Devia pensar: passei por coisas piores. Tive dois partos. E depois teria mais dois. E as mortes a que nossa mãe dava cabo eram mais corriqueiras, de menor porte, podia fazer tudo sozinha, eram gestos automáticos. No caso dos porcos e dos bois, além da semelhança conosco — os olhos, os filhos, o lamento ao morrer —, mobilizavam a todos, não se podia fazer sozinho, não era um gesto cotidiano. Então, embora comêssemos os corações das galinhas arrancados por nossa mãe, eles não tinham nenhum significado, não o associávamos a nenhuma palpitação.

XV

No sábado em que caí em desespero, quando pedi que você viesse pois precisava de um coração batendo junto ao meu, você entendeu como uma birra infantil e disse que eu tinha sentimentos de uma criança de seis anos. De tudo ficou a imagem de uma criança de cabelos pretos desgrenhados, nariz escorrendo por causa do choro, erguendo os braços pra mãe e implorando seu colo. A mãe responde, definitiva, seu Agora não. Sinto a dor da criança, embora possa dar razão à mãe. Mas, pra cena fazer mais sentido, a criança tem três anos e não seis. Poderia ser a mesma que estende os braços com o coração de um bicho nas mãos. Com um vestido branco e os joelhos ralados.

Mas sei que a cena imaginada por você é outra: a de uma menina que não aceita o não da mãe e em vez de dor sente outra coisa — raiva, possessividade, ciúme — e se joga no chão e exige na hora errada, no lugar errado.

A atitude da mãe, a sua atitude, é virar as costas e deixar a criança se debatendo sozinha. É uma cena bem mesquinha. Você sente raiva. Ou ri. Mas a criança sofre do mesmo jeito. Na minha cena ela não entende bem o que sente, senão que precisa ser amparada. Na sua cena você tem certeza, ela só quer dominar você e, se você deixar, ela vai conseguir.

XVI

Minhas irmãs nasceram quando eu tinha oito anos e aprendi tudo sobre como cuidar das crianças — como trocar fraldas, como dar mamadeira, como fazê-las dormir, como brincar com elas, como fazê-las rir e depois como preparar a comida e como ajudá-las a comer. O ensinamento mais importante: não pegá-las no colo nunca, a não ser que estivessem desesperadas. Era preciso que aprendessem a ficar no berço, a dormir sozinhas, a ficar no chão sobre uma colcha. Elas precisavam aprender a não ter o colo nem da mãe, nem do pai, nem dos irmãos. Mas elas queriam o colo e choravam o tempo inteiro. O último irmão não. Ele não queria colo, ele não precisava do carinho de ninguém. Elas tinham apenas dois anos quando ele nasceu. E só ele não nasceu de parto normal. Foi arrancado de lá como se arranca um coração que continua batendo fora do corpo.

Quando saí de casa, senti muita falta dos três. Era como se eu deixasse para trás as minhas crianças. Eu sentia falta de tê-las nos braços, de brincar com elas, de dar banho, de tudo. E ao mesmo tempo sentia um imenso alívio. De repente encontrei o silêncio.

Quando voltei pra casa pela primeira vez — depois de quanto tempo? dois meses ou seis? — eles não aguentavam os meus beijos, fugiam para as pernas de nossa mãe.

— Ela não para de beijar.

— Mãe, diz pra ela parar de beijar e abraçar e apertar.

Era assim toda a vez que eu voltava, durante aquele ano. E então eu os esqueci. Aos poucos, deixaram de ser minhas crianças, parei de sentir falta de tê-los nos braços. Eles se tornaram pra mim outra coisa, outra intimidade foi construída, de novo perdida, outra vez reconstruída. Houve um tempo em que eram desconhecidos pra mim e eu pra eles. Mesmo meus pais, o que se tornaram meus pais? Duas pessoas inacessíveis pra mim. Uma adulta não precisa do carinho dos pais, no máximo de dinheiro emprestado.

Não posso imaginar o cheiro e a consistência da pele da minha mãe. E pensar que já estive dentro desse corpo, que nossos corações batiam juntos, no mesmo dentro, que depois ela me levava nos braços — e também me negava esse enorme prazer —, que fui a criança dela por dois anos inteiros até ter que dividir tudo com meu irmão e depois perder tudo quase de uma vez ao crescer e me tornar mulher.

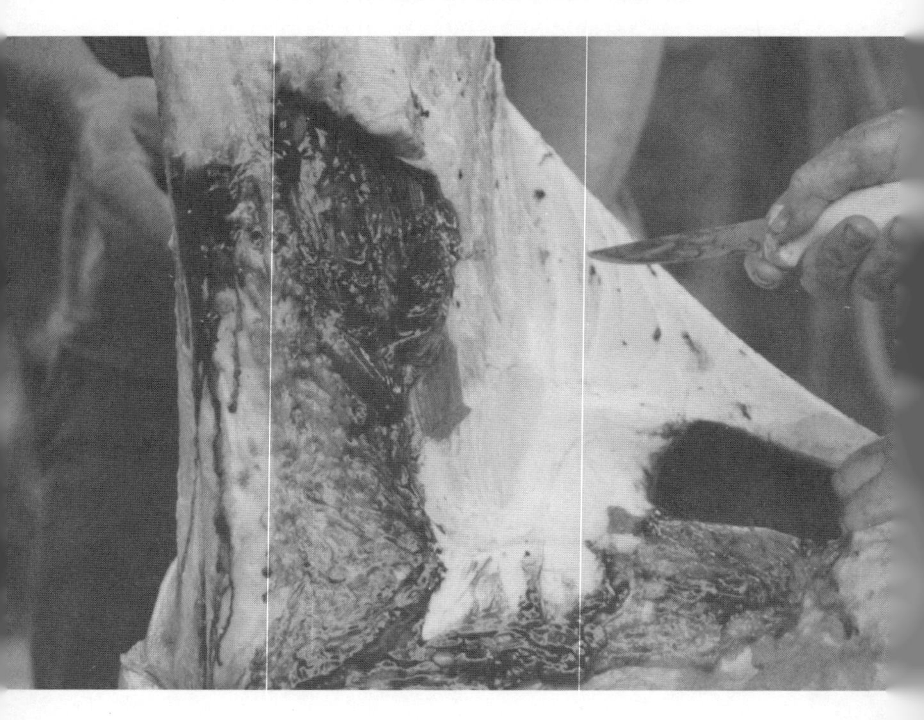

Penso no que sinto ao tocar sua pele quente, ao apertar seus braços e coxas, suas bochechas. Gosto da maciez e do calor que sinto na palma das mãos. Minhas mãos nunca sossegam quando você está próximo. E lembro do calor das carnes do boi quando eu guardava os pedaços cortados pela minha mãe e por minha tia ou quando eu colocava numa bacia os pedaços pequenos que havia ajudado a cortar e os alcançava ao meu pai e ao meu tio para que passassem tudo pela máquina de moer. A carne era quente e palpitava. Eu não poderia dizer que não havia mais vida ali. Era quente como é quente sua carne viva. Mas o cheiro era quase nauseante depois de algumas horas de corte. Um cheiro quente e forte de sangue vivo.

Ainda sinto o cheiro ao manusear estas páginas. E ainda sinto o prazer de meter as minhas mãos naquela carne quente e crua e viva.

XVII

Uma amiga quis encenar a última parte do meu primeiro livro, *Tinha uma coisa aqui*. Na sua proposta de encenação, dava ênfase a Tina, doce, meiga, com fala mansa, apaixonada e baixa. Uma mulher que não grita. A encenação seria na casa dela. O público seria recebido e convidado à cozinha, onde ela estaria, fazendo um pudim. No momento em que o pudim era posto para assar em banho-maria, os convidados iam para a sala e recebiam as oito cartas de Tina, destinadas ao homem que amava e que desapareceu, todas dando notícias da filha que os dois tiveram e que ele não conheceu. Uma cena se passaria no banheiro da casa, adaptado para uma criança com deficiência locomotiva, e quando o fogão apitava, o público voltava para a cozinha, comia o pudim e o espetáculo terminava. Era uma adaptação parcial, mas que me agradava. Autorizei a produção. Então, como nenhum edital apoiou o trabalho, ela acabou fazendo outra coisa, já não numa casa, mas num palco. Aos poucos, eu ficava sabendo do andamento, mas nunca tinha ideia de como realmente ficaria. Então chegou o dia da estreia e fui convidada a ver. Convidei duas amigas, Cláudia e Ana, para irem comigo.

Absolutamente nada me agradou no espetáculo. Ela falava meu texto, já fragmentado por si, ainda mais fragmentado porque editado, no microfone, como se fosse música, mas sem melodia, só fala, e algumas partes, justo as mais dolorosas, ou mesmo românticas, que eu imaginava apenas sussurradas, num megafone. No fundo do palco, um amigo dela e músico tocava violão, e, quando ela dava pausas, parava de falar meu texto, ele cantava músicas do Sérgio Sampaio. A mistura deu um ar bastante grotesco ao meu texto, que não funcionava bem nem na clave do melodrama nem do brega, era uma oscilação entre o sutil e o agressivo, mas não deu certo com aquelas pessoas de carne e osso. Minhas personagens — e eu mesma — não tinham nada a ver com aquilo.

Numa passagem em que a personagem relembra a cena em que mata um cachorro a tiros com seu pai, alguns espectadores deixaram a sala. O que eu sentia? Algo como uma vergonha. Não do meu texto, não dessa cena, mas da exposição a que me levava aquela encenação.

Ao final, quando andávamos até o carro, meio envergonhada, meio pedindo desculpas, tentei começar a conversa com minhas amigas. Elas não conseguiam dizer nada. Já no carro, elas na frente, eu atrás, Cláudia me disse: — Sei lá, é muita exposição. E Ana respondeu como um eco: — É. Muita exposição.

XVIII

Per questa preparazione sceglie quaglie grasse e freschissime, spiumatele, fiammeggiatele, svuotatele e asciugatele. Spuntate le zampette e incrociatele facendole passare una sopra il ginocchio dell'altra, forando il tendine e mettendo in questa incrociatura una fogliettta di salvia; rovesciate le ali sul dorso in modo che ognuna di esse trattenga una foglia di salvia; infine, con le fettine di lardo, fasciate il petto e il dorso e conficcate il becco nello sterno legando con una sottile gugliata di spago.

Ora cominciate la preparazione allo spiedo, che può essere quello di campagna com la fiamma viva oppure uno spiedo da forno.

Infilate nello spiedo una fettina de pane, poi una quaglia e procedete cosi fino ad avere utilizzato tutto il pane e le quaglie; terminate com una fettina di pane. Di tanto in tanto ungete di olio le quaglie, per mantenerle morbide e sorvegliate la cottura perché, con lo spiedo a fiamma viva, se giungerà presto a cottura.

Levate il pane e le quaglie dallo spiedo e disponete la preparazione com eleganza in un piatto di portada.

XIX

...Spiumatele, fiammeggiatele, svuotatele e asciugatele...

E eu nem me referi ainda à polenta consa: uma camada de polenta e outra camada de... passarinhos caçados por meu irmão com bodoque — estilingue para os citadinos — ou espingarda de pressão, cortados muito miudamente com os ossinhos e tudo e bem fritos na banha quente. Um punhado de queijo e tempero verde, outra camada de polenta e outra de passarinhos e assim por diante.

Os passarinhos eram caçados, mortos, depenados e limpos por meu irmão durante a hora da sesta ou nos finais de semana, guardados num prato dia após dia por minha mãe no congelador da geladeira até juntar tantos que dessem uma polenta consa. É uma polenta curtida, porque depois de montada vai ao forno para derreter o queijo. Polenta recheada. Com qualquer coisa e queijo. Mas pra nós a polenta consa era a polenta de todo dia acrescida dos passarinhos fritos.

Depois que intuímos que era errado matar passarinhos pra comer — ou depois que proibiram essa prática? — nunca mais teve polenta consa na nossa casa.

Houve uma época em que meu irmão e eu caçávamos rãs no poço. Nós caçávamos, nossa mãe as limpava e depois fritava em banha quente — inteiras, pareciam mulheres em miniatura — enroladas na farinha de rosca. Comíamos com as mãos, esquartejando as rãs e dizendo Agora os braços, Agora as pernas, Vamos ver quem acaba primeiro?

Quando as rãs acabaram, meu irmão passou a criar coelhos. Eram bonitinhos, mas já estávamos grandes para confundi-los com o coelho da Páscoa. Não consigo imaginar meu irmão matando seus coelhos, acho que ele apenas os entregava a nossa mãe, que devia usar o mesmo procedimento que usava com as galinhas. Se bem que é preciso tirar o couro e isso era coisa para o meu irmão ou para nosso pai. Abrir, retirar as vísceras e cortá-lo em pedaços tanto podia ser feito por eles quanto por ela. Eu nunca limpei um coelho. Lembro de cozinhá-los em molho, na panela no fogão à lenha, lembro de recheá-los e assá-los no forno com a cabeça e tudo. Mas não lembro de um sabor especial. Não lembro de sabor nenhum. E de nenhuma alegria à mesa. Não era um prato especial. Era só uma comida, como é um peixe, por exemplo, ou carne assada. Assim, carne, sem distinção.

Já adulta, aprendi a fazer um coelho ao chocolate, receita de Neruda, dizia o cardápio de um restaurante em Florianópolis, onde o comi pela primeira vez e de onde copiei a receita com ares de entendida em coelhos.

Nunca pensei nos sentimentos de um peixe, se bem que sempre tive certeza de que sofriam quando os via se debaterem ao serem lançados na grama, presos pelo anzol. Meu tio, José, é a imagem mais recorrente do cuidado com a vida dos peixes. Tenho uma coleção de imagens nas quais ele tira o peixe do anzol com cuidado e o devolve à água para que cresça mais um pouco. A frase é sempre a mesma, Muito pequeno, dá dó. Meu irmão e eu colocávamos os peixes pequenos dentro de baldes com água e brincávamos com eles antes de serem devolvidos ao rio, imaginávamos que ficavam felizes assim. Somente agora, ao ler *Os anéis de Saturno*, ao me deparar com a frase "Mas nada sabemos dos sentimentos do arenque", é que pude acessar esse meu catálogo íntimo.

Os peixes eram tarefa do nosso pai e do meu irmão. Nossa mãe odiava limpá-los e eu a ouvia dizendo o tempo todo: Pescou, limpou. Assim como os passarinhos, eles pescavam e limpavam os peixes pequenos e depois guardavam dia após dia no congelador da geladeira, até dar a quantia certa para um jantar. Geralmente peixe frito com arroz e alface.

Nunca comemos cobras, mas lagartos uma vez sim. Não lembro se era bom. Um dia, a nona Magri me serviu cauda de jacaré. Era uma simpatia contra a asma. Eu comi feliz, achando que era frango. Não me curei da asma.

E um dia comemos tatu. Minha tia Loni, que morava na frente, fez ensopado do tatu que meu tio encontrou no oco de um toco. Eu gostei. Nosso pai e meu irmão também. Nossa mãe falou que aquilo era um horror. Na semana seguinte, ela fez pé-de-moleque de nozes. Minha tia cuspiu e disse: Puro óleo!

E cabrito. Nas festas da comunidade. Nossa mãe tinha nojo. Sentia o cheiro da pele, não comia. Passava o almoço inteiro vendo a gente comer, enjoada. Quando a nona dava o leite e o queijo das suas cabrinhas, a mãe tapava o nariz, mas a gente gostava. Pelo menos do queijo. Nunca gostei muito de leite. Lembrava que as vacas mijavam e cagavam quando a gente lavava as tetas com a água fria e começava a tirar o leite. A mistura de cheiros — merda, mijo, pasto e leite — tudo quente, entrando e saindo da vaca, me dava náuseas, mesmo quando o leite estava fervido e frio, ou tendo dormido uma noite inteira na geladeira. A nata eu amava. E amava retirar aquela grossa camada de sobre o leite e depositá-la no pote velho de margarina ou de geleia.

Se Sebald me fez pensar nos sentimentos do arenque, Coetzee, em *Infância*, me deu uma resposta sobre os sentimentos dos carneiros que serve para os meus bois: "Às vezes, quando está no meio dos carneiros — quando eles foram reunidos para o banho de inseticida, quando estão cercados e não podem escapar —, pensa em sussurrar-lhes, avisá-los do que os espera. Mas então percebe naqueles olhos amarelos algo que o silencia: uma resignação. Um conhecimento prévio não somente do que acontece aos carneiros nas mãos de Ros atrás do abrigo, mas do que os aguarda no final da longa e sedenta viagem de caminhão até a Cidade do Cabo. Eles sabem tudo, até o menor detalhe, e, no entanto, se submetem."

Uma noite, nosso pai sonhou que fazia um grande cozido. Era uma festa, tinha muita gente cantando, bebendo vinho e dançando ao redor do fogão onde estava a grande panela.

Ele era o cozinheiro e o tempo todo, enquanto bebia, cantava e ria, sentia que havia algo de errado. Sentia uma terrível angústia, como se estivesse fazendo alguma coisa proibida, criminosa. Então ele se levantou de onde estava e foi destampar a panela para inspecionar o caldo. Era meu irmão que cozinhava na panela.

Despertou do sonho aos gritos e nem nossa mãe conseguiu acalmá-lo durante um bom tempo. Meu irmão e eu despertamos com os gritos de agonia, assustadores. Nossa mãe disse que era só um pesadelo e voltamos a dormir. Nosso pai passou a semana contando e recontando esse sonho para nós e para todos os que foram nos visitar naqueles dias. O sonho o marcou tão profundamente que ele ainda o conta, às vezes. Sempre que há festas, enquanto vemos as carnes assando, alguém lembra desse sonho. É comum, portanto, em nossa imaginação, vermos, por alguns segundos, nossas carnes assando no espeto, nossas cabeças boiando entre cebolas e batatas num caldeirão.

— Joãozinho, Joãozinho, me dá seu dedinho? Disse a bruxa, enquanto avaliava se ele estava suficientemente gordo para colocá-lo no caldeirão.

XX

Você me disse: escreva sobre o salame. E então aproveitei a viagem para fazer o salame. Fazer coisas é mais fácil do que escrever coisas. Quando eu era criança, o dia de matar o porco era dos mais felizes. Não lembro qual era a frequência, quantos dias eram felizes num ano. Mas lembro de acordar cedo, acompanhar meus pais ao chiqueiro — o porco já estava escolhido no dia anterior e estava separado dos outros. Com o nascer do sol, ele era levado pra fora, no piquete, e ganhava um belo banho de mangueira. Era tocado apenas com gritos e gestos para o porão da casa velha, lugar limpo pra matança, com mesa, fogo, tanque, água corrente, chão de concreto. Meu pai se aproximava do porco, de cócoras, pra ficar na sua altura, o abraçava com o braço esquerdo e dava a facada com a direita. Meu irmão e eu olhávamos de fora, pelas janelas baixas. Havia sempre um tio ou dois, pra ajudar a segurar o porco. Era triste, mas era rápido. O porco gritava, o porco chorava, meu pai repetia as facadas quantas vezes fossem necessárias, nunca muitas. O porco morto no chão e a água forte da mangueira empurrava o sangue pra vala na entrada do porão. Logo tudo estava transparente de novo, o chão limpo. Um grande tonel fervia cheio de água sobre o fogo. Com algumas canecas jogava-se a água quente sobre o corpo do porco e todos, então, empunhavam seus aparelhos de gilete e suas facas afiadas e passavam a pelar o porco. A gilete era necessária para as orelhas, o focinho e os joelhos e outras partes dobradiças ou mais difíceis. Só depois de o porco bem pelado, já sobre a grande mesa, abria-se a barriga, tiravam-se as entranhas que escorriam para o tonel sempre com a ajuda da água. Recolhia-se o coração, os rins e o fígado para temperar e assar imediatamente, naquele mesmo fogo que aqueceu antes a água. Toda vez que quero escrever porco escrevo corpo e, antes de corrigir, dá tempo de imaginar seu corpo nu no chão da sala de modo que o porco e o corpo ficam confundidos e me dói pensar que tantas vezes comi seu coração. E então faziam-se duas equipes. As mulheres e as crianças iam com as tripas ao riacho (as suas?), os homens passavam a fazer os cortes do porco, separando a cabeça para assar no forno, as costelas e uma parte dos pernis para congelar, a barriga e todas as partes gordurosas para fazer banha, de onde saíam os torresmos maravilhosos. Com o sebo e com as peles restantes fazia-se o sabão de soda. No riacho, lavávamos as tripas até ficarem muito limpas. Meu irmão e eu ríamos dos peidos produzidos ainda nas tripas já separadas do porco quanto apertávamos e deslizávamos entre dois dedos seu conteúdo nojento que o riacho levava. Depois de muito lavadas e deixadas de molho com água e vinagre ou limão, as tripas ainda eram fervidas e depois iriam para a grande mesa onde os homens moíam a carne na máquina. Então, cada um de nós, com uma tripa em posse, dávamos um nó numa das pontas e passávamos a enchê-las, empunhando-as numa espécie de funil na ponta da máquina de moer, com a carne de porco moída, temperada com pimenta do reino, sal e alho bem picado e muito mexida, misturada, amassada, carinhosamente sovada pelas magníficas mãos do meu pai. Enchíamos de novo a tripa, papai amarrava com um barbante longo de modo a deixar espaço para pendurar os salames na vara de defumação. Então, antes de mais nada é isto: uma tripa de porco cheia de carne crua e temperada no lugar do que ali estava antes. Depois de todas as tripas cheias, a vara estava completa com uns 10 ou 20 kg de salames, dependendo do tamanho do porco.

Então meu pai fazia um ou dois foguinhos bem fumacentos sob a vara de salames, jogava um pouco de sálvia no fogo e começava a defumação, que durava no mínimo três dias. Depois dos salames pendurados e do fogo feito, restava limpar o lugar e fritar os torresmos para tirar a banha, guardá-la na lata, retirar alguns torresmos pra comer e depois colocar todo o resto no tonel com a soda para o sabão. Do porco, só se perdia o pelo. Aproveitava-se até o cheiro de tudo, que ia mudando nos dias que se seguia à matança. Lembro bem do cheiro da merda, do cheiro da lama, do cheiro dos torresmos e da banha e do maravilhoso e duradouro cheiro do salame. Não lembro do cheiro de sangue. Nem de nenhuma dor. Quando vovó era viva, ela ainda fazia o queijo de porco e a morcilha, com o sangue. Os miúdos eram comidos com pão, ali mesmo, ao redor do fogo, com as mãos. Minha mãe colhia um pé de alface na horta e eu sofria muito mais aquela vida arrancada do que a do porco.

A morte do porco era a alegria, a festa, os pés molhados, a suspensão das regras, dos horários, das boas maneiras. Havia risos, histórias sendo contadas para o fluir do trabalho, as crianças esquecidas ouvindo as coisas dos adultos. Os outros animais olhando através das cercas, o barulho do riacho, as galinhas ciscando, os pássaros cantando. Nenhuma outra música, nem Menino da porteira, que pedíamos ao dormir.

Mas nessa viagem, os salames não foram feitos por nós. Meus pais não criam mais porcos, o riacho está quase seco, o velho sítio foi vendido, os avós morreram. Então, minhas irmãs encomendaram os salames frescos, feitos no dia antes da minha chegada. Meu pai, minhas irmãs e eu fizemos a defumação nos dias em que estive lá. 24 salames, 10kg de infância semirrevivida, que eu transportei em uma sacola térmica dentro da mala despachada como bagagem comum no avião da Avianca.

Aqui em casa, continuei a cura, salames pendurados em espetos apoiados nas alças de duas prateleiras da cozinha.

Por uma semana, acompanhei os pingos da gordura que secava e aspirava profundamente o cheiro de roça no meio da Voluntários da Pátria, no Rio de Janeiro. Ainda tenho deles aqui, todos os que vêm me visitar provam do salame, invariavelmente elogiam e são obrigados a ouvir a minha história. A da camponesa que via nascerem os salames quase como nascem as crianças e os animais.

XXI

Talvez nossa relação com os animais maiores fosse esta mesma: antes eles do que nós. Pouca compaixão, muita disputa. Pela vida.

Basta pensar que toda noite pedíamos que nosso pai cantasse "O menino da porteira" pra gente dormir. Ainda sei de cor.

Toda vez que eu viajava pela estrada de Ouro Fino
Ao longe eu avistava a figura de um menino
Que corria a abrir a porteira e depois vinha me pedindo
Toca o berrante seu moço que é pra eu ficar ouvindo

Quando a boiada passava e a poeira ia baixando
Eu jogava uma moeda e ele saia pulando
Obrigado, boiadeiro, que Deus vá lhe acompanhando!
Por aquele sertão afora meu berrante ia tocando

Pelos caminhos desta vida muito espinho eu encontrei
Mas nenhum calou mais fundo do que isso que eu passei
Na minha viagem de volta qualquer coisa eu cismei
Vendo a porteira fechada, o menino não avistei

Apeei do meu cavalo e no ranchinho à beira-chão
Vi uma mulher chorando, quis saber qual a razão
— Boiadeiro veio tarde, veja a cruz no estradão
Quem matou o meu menino foi um boi sem coração

Íamos dormir compungidos. Aquele menino podia ser um de nós. Aquele boi, um dos nossos. Matá-los, comer-lhes o coração. A ordem natural das coisas. Podia ser que não tivessem um, e aí sabe Deus... Quando corriam atrás de nós nas tardes no potreiro, sempre fazíamos um pedido abafado, pra que algum deus ou tocasse o coração do boi ou desse asas às nossas pernas. E muitas vezes nos salvamos por muito pouco, por quase nada. Temos nas nossas carnes as cicatrizes das cercas de arame farpado, os rasgos das fugas desesperadas.

XXII

"Se uma escritora é apenas um ser humano com um coração, o que existe de especial no seu caso?"

Quando os animais vieram a mim neste caderno, fui buscar *Elizabeth Costello*, do Coetzee. Esperava que ela me ajudasse justamente com o coração. Quando a li há mais de dez anos, quinze talvez, essa personagem me arrebatou. Lembrava de poucas cenas, almoços, jantares, palestras, ela sempre constrangida, nunca lembrava as palavras. Talvez coisas concretas, um beliche, ela velha, à espera. Foi à procura dessa cena que busquei o livro em vários sebos no último mês. E tinha também a lembrança do incômodo que causou a sua aproximação entre o matadouro de animais hoje e o extermínio dos judeus na Segunda Guerra. E uma cena de uma mulher a quem sua cachorra leva para passear. Essa última imagem em si bela e alegre — uma caminhada, árvores, sol — me aparece tingida por certa melancolia e queria relê-la para entender porquê, mas não a encontro aqui. É uma resposta a uma das palestras de *A vida dos animais*, publicadas no Brasil em uma edição chamada justamente *A vida dos animais*, da qual *Elizabeth Costello* traz só as palestras.

Relendo a seção agora, reencontro a força impressionante no diálogo com Kafka, na primeira palestra. Minha imaginação simpatizante não é suficientemente simpatizante com a causa dos animais no matadouro. Só consigo pensá-los um a um. Quando ela, Elizabeth, se coloca no mesmo lugar — não no lugar, mas no mesmo lugar — de Pedro Rubro, quando ela se coloca no mesmo lugar que o camponês diante da lei, então minha imaginação simpatizante é tocada. E é esse corpo-coisa-pensante-e-que-dói que redimensiona o boi e a velha. O boi enquanto mulher, a mulher enquanto macaco, o macaco enquanto homem.

No *Grande Sertão: veredas* tive que ler duas vezes, sentindo náuseas, o trecho em que aparece um macaco enquanto homem, um homem enquanto macaco. E o que acontece lá é bem mais terrível do que minha imaginação poderia conceber, por mais animais que tenha visto morrer, feito morrer e comido na minha vida inteira.

"Mais não se podia. Céu alto e o adiado da lua. Com outros nossos padecimentos, os homens tramavam zuretados de fome — caça não achávamos — até que tombaram à bala um macaco vultoso, destrincharam, quartearam e estavam comendo. Provei. Diadorim não chegou a provar. Por quanto — juro ao senhor — enquanto estavam ainda mais assando, e manducando, se soube, o corpudo não era bugiu, não, não achavam o rabo. Era homem humano, morador, um chamado José dos Alves! Mãe dele veio de aviso, chorando e explicando, era criança de Deus, que nu por falta de roupa... O filho também escapulia assim pelos matos, por da cabeça prejudicado. Foi assombro. A mulher, fincada de joelhos, invocava. Algum disse: '— Agora que está bem falecido, se come o que alma não é, modo de não morrermos todos...' Não se achou graça. Não, mais não comeram, não puderam."

Enquanto os outros bois e vacas nos encaravam quando matávamos e quarteávamos o boi 45, eu também imaginava essa cena de filiação. Mas aí a palavra alma sempre vinha em meu socorro.

E por alma eu traduzia consciência. A semelhança dos corpos é que é incômoda. Nenhum de nós se solidariza com uma galinha. O boi tem algo nos olhos que nos lembra de nós mesmos, e o macaco, inteiro, é muito ainda próximo do que fomos. Mas é essa ideia de equivalência — homem, animal — que insultava a memória dos judeus na primeira palestra de Elizabeth Costello. Embora ela insista que os carniceiros treinaram a morte nos abatedouros de animais, tomar por animais os homens é um insulto contra a memória dos mortos. É banalizar a morte do "homem humano".

"Não, animais não são gente". Nossa imaginação simpatizante não pode ir até aí. Os animais são os animais. Os humanos são os humanos. Só se unem na alegoria. Quando a imagem justaposta vem nua, crua, cruel, não é suportável.

Mas o moralismo de Elizabeth Costello também não é suportável. A ideia de que se é tocado pelo mal quando se escreve sobre ele, a ideia de que há coisas que não podem ser ditas porque envenenam me é até simpática.

Ler sobre homens humilhados, mortos de maneira violenta, reviver suas humilhações é algo que não me agrada nem um pouco. Preferiria ler sobre a vingança dos humilhados. Mas a analogia homem que mata animais-homens que poderia matar gente-homem que encarna o mal absoluto (ou simplificando: eu-carniceiro-Hitler) é forçosa. E é por isso que o livro de Coetzee é tão incômodo e é por isso que não poderia acabar de outro modo. Na relativização de toda crença, de toda militância. É um livro ambíguo. Vemos Coetzee e Costello em duelo o tempo inteiro.

Então, o coração. Ajuda ou atrapalha? É essa a questão de Elizabeth Costello diante dos animais no matadouro. O que o coração pode fazer? Dito de outro modo: O que a poesia pode fazer quando a filosofia falha? "Se uma escritora é apenas um ser humano com um coração, o que existe de especial no meu caso?"

Desde o começo entendemos que não ajuda nada colocar o cérebro no lugar do coração. E desde que li a Elizabeth Costello de novo que revivo a cena — às vezes no meio da noite — da mulher no dormitório perguntando:

— Está trabalhando na sua confissão?

— Não, não uma confissão, uma declaração de crença, foi isso que me pediram.

— Aqui nós chamamos de confissão.

E então fico me perguntando, qual é a minha confissão neste caderno? Por que o escrevo? Por que a exposição precisa ser montada?

XXIII

É carnaval e estou na casa de Andréa, cuidando de suas gatas. Desde que nos conhecemos, às vezes cuido delas e Andréa tem confiança em mim, apesar das minhas histórias com gatos que já ouviu de um amigo em comum que gostava muito de falar de mim como aquela que matava os animais. Foi ele quem contou a história dos gatos pra ela. Por muito tempo, ela me olhou com desconfiança.

Não sei por que os gatos da vizinhança — e de longe também — iam parar lá em casa e numa época perto do Natal havia vinte e quatro gatos pretos na nossa casa. A nossa casa compreendia a casa em que morávamos, com calçada por todos os lados, onde ficavam as pegadas dos gatos, que enlouqueciam nossa mãe; uma antiga casa onde nasci e que funcionava como depósito, lugar de fazer cachaça, queijo e guardar outros mantimentos, o paiol, onde ficavam os grãos, as espigas, a carroça e outras máquinas e o chiqueiro. Uma estrada de terra passava entre a casa onde morávamos e as outras construções. Ao redor de tudo, grama verde, árvores, flores campestres, jardins com rosas — tivemos até um de papoulas —, árvores frutíferas e mais ao longe os potreiros. Os gatos — completamente selvagens, nada a ver com animais de estimação, pensemos numa gangue — andavam ao redor de casa, na grama úmida e na terra vermelha e ao menor descuido, apesar dos ratos do paiol, entravam na casa à procura de comida e sujavam tudo. A casa obrigatoriamente estava já limpa às 9h da manhã, alguma comida já começava a cheirar no fogão à lenha, a bacia de leite fresco sobre a pia, coberta com uma toalha, esfriava antes de ir pra geladeira, alguma carne temperada, também na pia, sob alguma toalha, em uma bacia, esperava para ser frita, assada ou cozida. Um rádio sempre ligado baixinho ou então a TV passando algum desenho. Quem estivesse dentro da casa precisava manter os gatos lá fora. Mas eram muitos e eram selvagens e eram pretos e nos enfrentavam ou então fugiam assustados. Ao menor descuido um deles tomava o leite, um deles roubava uma carne da bacia, um deles passeava com as patas sujas pela cozinha. Quando isso acontecia — e acontecia o tempo todo — virávamos selvagens. Pouca coisa causava mais raiva do que um gato sobre a pia e a família inteira se unia contra os gatos. A nossa gangue e a gangue deles. Um dia, joguei uma faca de cortar carnes num deles e decepei sua orelha. Um dia, minha mãe jogou água quente num deles e o pelo caiu. Um dia eu chutei um deles com tanta força que meu pé doeu. Um dia, minha mãe sentou na cozinha e começou a chorar. Um dia ficamos sem comida porque estava pisoteada e mastigada pelos gatos. Meu pai pegou a espingarda de pressão e disse: — Venham, meninos, vamos matar os gatos. Só uma espingarda, três assassinos convencidos de que eram eles ou nós. Eu não conseguia acertar, mas meu irmão e meu pai, sim. E eu não podia ser a única a não acertar, então meu pai e meu irmão me ajudaram a fazer mira e apoiar a espingarda no ombro. E eu também acertei.

Por que os gatos não iam embora? Por que eles ficavam na mira dos chumbos? Eles saíam em disparada quando um caía, mas voltavam e voltavam, até morrerem todos. E então veio a tristeza. Fazer a cova longe de casa, recolher os corpos, enterrar os gatos. Os olhos do pai cheios de lágrimas. Meu irmão tagarelando pra mim, nada parecia real. Naquele dia ficamos sem comer, a mãe limpou a cozinha, enxugou as lágrimas, serenou a raiva. Eu sabia que era inevitável, se não matássemos os gatos, a fonte dos gritos, da revolta, da raiva da mãe e minha, principalmente, que éramos quem fazíamos os almoços, aquilo tudo explodiria em meu irmão e em mim. Em algum momento aquela raiva dos gatos cairia sobre nós — por que, afinal, não podíamos mantê-los longe das comidas? — e apanharíamos de vara. Então, era irreal, mas era merecido e era o certo. Nunca sofri por termos matado aqueles gatos. E, no outro dia, comemos tranquilos. Talvez nos amássemos até. Meus três irmãos pequenos ficaram alheios a tudo, brincando no chão da sala.

Agora a Domi — uma gata preta e gorda, meio selvagem também — afofa minha barriga, estragando minha roupa, se deita e tenta morder de leve minha mão, meu caderno, quer brincar com o lápis e não se aquieta quando eu falo pra não morder. Quando cansa dos meus carinhos, sai correndo pra sala e daqui a pouco volta e começa tudo de novo. A Xica está com a pata machucada — não fui eu, não fui eu! — e meio deprimida, então dou comida a ela quatro ou cinco vezes por dia. Deixo ela lamber a minha mão, mesmo que isso produza um arrepio quase insuportável nos meus pés e me lembre o prazer que sinto quando você morde as pontas dos meus dedos.

XXIV

Na foto, a criança vestida de branco, cabelos pretos longos partidos ao meio, se inclina em direção a um canteiro com dez pés de alface americano. Poderiam bem ser repolhos, tão fechadas são as cabeças. Mas me lembro, eram pés de alface. Na mão direita, uma faquinha de serra e uma hesitação. Cortar o alface me dava pena. Tirar a vida daquele pé de alface, tão pequeno, tão indefeso, quebrar a simetria do canteiro era uma violência. Sempre desconfiei que as plantas sentem dor e, ao contrário dos animais, não podem oferecer nenhuma defesa contra nosso gesto devorador. E se as plantas tivessem alma? Se tivessem uma inteligência especial, se fossem capazes de se comunicar numa língua secreta? Fiquei muitas horas, em especial durante a sesta — longa na roça — tentando me comunicar com os bois e as vacas, mas tudo o que eles faziam era me olhar fixamente. Não há nada tão perturbador como o olhar demorado de um boi manso. Ele nunca pisca. Fica completamente imóvel, sereno, imperturbável, exceto o rabo, que balança inquieto afastando as moscas e de vez em quando uma pata traseira se ergue para pôr mais energia contra elas. Mas o olhar bovino se mantém fixo e aos poucos se transforma em espelho de suas atrocidades contra eles. Se você levantar a mão e acariciar o pescoço do boi, então ele pode desviar o olhar, baixar a cabeça e até se mover. Mas se você não se move, ele também não. Eu achava que essa podia ser uma forma cifrada de comunicação em que a burra era eu, incapaz de compreender o que aquele olhar insistente me dizia com clareza. Mas entre si os bois e as vacas não diziam nada com uma linguagem vagamente parecida com o que eu imaginava ser a linguagem das plantas. Os animais se expressavam com o movimento, com o corpo, com os chifres, com o sexo. E com o berro. Assim como nós, sem muito mistério. As plantas não. Seguramente, em sua distância de nós, as plantas tinham um código, um pé de alface se despedia dos outros quando eu era obrigada a cortá-lo com excesso de desculpas para levá-lo à mesa do almoço.

As flores do jardim em frente à casa, as rosas plantadas no barranco de terra vermelha, a seringueira e suas folhas enormes, o pé de figo, o de pêssego, o de abacate, o de caqui, todos ao redor de casa, e mais adiante o de lima, o de limão, o discreto parreiral atrás da casa, os pés de ameixa e os de tangerina, todos eles me acolhiam, me davam frutas ou flores e eu tinha um carinho sem medo e sem disputa por eles. Será isso que me deixava terna diante do pé de alface para arrancar sua vida? O fato de que ele nunca correria atrás de mim com chifres ou bicos afiados ou asas ameaçadoras? Talvez porque as frutas e os legumes colhíamos sem arrancar o pé, sem destruir a vida — eles tinham seu ciclo, que eu entendia. O pé de alface não, ele era tudo. Ao colhê-lo, cortava o ciclo. Mas sobretudo, imaginava sua dor, já que precisava usar uma faca. E era eu com a faca na mão, não meu pai, meu tio ou Caio.

Só recentemente, numa viagem a Costa Rica, é que me lembrei dessa imagem minha diante do alface preso à terra. Foi quando li *O poeta e o mundo*, o discurso de Wislawa Szymborska quando recebeu o Nobel, em 1996. Um discurso em que ela fala de poesia, da inquietação que faz escrever, que faz da escrita uma aventura constante impulsionada por um contínuo não saber.

No meio disso tudo, uma frase me arrebata, uma frase entre parêntesis que, de repente, dá sentido àquela inquietação infantil e me diz que de alguma maneira eu posso me irmanar com essa poeta numa sensibilidade comum. Ela dizia: "O mundo — o que podemos pensar quando estamos apavorados com a sua amplidão e com a nossa própria impotência, ou quando estamos amargurados com a sua indiferença em relação ao sofrimento individual das pessoas, dos animais e talvez até das plantas (pois por que estamos tão seguros de que as plantas não sentem dor?); o que podemos pensar sobre as suas vastidões penetradas pelos raios de estrelas rodeadas por planetas que apenas começamos a descobrir, planetas já mortos? Simplesmente não sabemos." Era a primeira vez que a minha dúvida infantil estava sendo levada a sério. O fato de não sabermos se os pés de alface sentem dor não quer dizer que não sintam. Eu não era uma criança louca! Só sensível demais. Uma sensibilidade curiosa, em todo caso, uma sensibilidade que me permitia cortar a orelha de um gato, matar um, sentir raiva da vaca que mijava enquanto eu tirava o leite, matar ratos com ratoeira ou pedra, torcer o pescoço de uma galinha, caçar rã, odiar o cachorro que latia quando eu queria dormir, o maldito galo de manhã e amar um pé de alface.

Na minha volta pra casa, na viagem da matança do boi, não senti saudades de nenhum dos animais da minha infância, nem mesmo da vaquinha que seria minha quando casasse — a Bonita — e que acabou virando carne pra um ano quando me recusei a casar, quando minha vida não comportava mais uma vaca; mas senti falta (e ainda sinto, inconformada) da amoreira de tronco largo onde eu deitava, ouvia a água do riacho correr devagar, sentia o cheiro dos beijos — a planta que cresce na água — e comia amoras maduras e doces; assim como sinto falta do pessegueiro de pêssegos brancos que procuro todo ano no supermercado e nunca têm aquele sabor, ou do pé de figo bem em frente à janela da cozinha. Sinto falta dos pés de alface, claro.

Então, há quase um ano, no dia do meu aniversário, li um texto do Leonardo Fróes, na

Piauí, um texto que é uma resenha de um livro, *A vida secreta das árvores*, de Peter Wohlleben, mas que, acima de tudo, é o texto de um poeta e de um poeta que vive no mato e diz observar as plantas há quarenta anos. Leonardo Fróes conta que o livro de Wohlleben, que procuro agora mas está completamente esgotado, explica como determinados fungos subterrâneos se alojam junto à raiz das plantas e a elas se associam por simbiose e se expandem pelo subsolo conectando-se a fungos parceiros e às raízes que estão interligadas, criando uma rede de trocas de nutrientes e de informações sobre ataques de insetos, por exemplo — o que o autor chama de internet da floresta. Mostra também que árvores da mesma espécie se unem pelas raízes e são capazes de formar um amplo sistema que atua em benefício de todas. Ou seja, ele diz haver um certo "instinto social nas florestas." A pergunta que vem em seguida é: então as árvores pensam? Não só sentem dor, pensam? Fróes diz que Wohlleben diz que elas são capazes de raciocinar sensorialmente. E Fróes acaba mostrando a inteligência das árvores brasileiras, de uma árvore sul-americana, observada por ele em seu sítio.

Uma árvore nasceu na beira do rio. As cheias levaram embora porções de terra cada vez maiores e então ela mudou seu crescimento em linha reta, mudou a estrutura do seu caule, fazendo várias curvas, para se agarrar a uma outra árvore próxima, nascida no terreno firme. A prova da inteligência das árvores não pode ser refutada: vivem as duas abraçadas fortes e frondosas, graças à soldagem.

A ideia de um raciocínio sensível das plantas me alegrou. E me alarmou ao mesmo tempo: aqueles pés de alface, ainda que sem raízes profundas, talvez pudessem sentir mesmo o perigo da faca e embora, como no caso do boi, tornar-se-iam comida saudável para uma família que não lucra com a morte de animais ou plantas, sinto ter cometido um crime.

O inverso dessa fotografia imaginada, a do crime, é uma cena de amor entre uma mãe, a minha, e uma filha. É a cena de uma menina de novo de vestido branco, com mais ou menos seis anos, cabelos pretos escorridos, divididos ao meio, colocando cuidadosamente as sementes dentro dos buraquinhos feitos pela sua mãe na terra fofa. Eram três sementes para cada buraco. Se as três brotassem, haveria transplante, mais dois buraquinhos no canteiro seguinte, três noites depois. Se nenhuma brotasse, o que era improvável, o buraco vazio era preenchido pela muda que sobrava do buraco onde tinham brotado duas ou três. A mesma menina tinha o dever de molhar as mudas se não chovesse, participava da vida daqueles pés de alfaces desde a semeadura até a colheita. Então a pequena criminosa havia sido a mãe — ou até Deus —, aquela que deu vida ao que antes era só um grãozinho. Ora, eu não tinha dado vida a animal algum, era natural me apegar ao pé de alface, não?

XXV

Lembro do que você me disse na hora em que mostrei a foto do caminho entre o aeroporto e a casa dos meus pais naquele dia de outubro: gosto de pegar a estrada. No nosso tempo juntos nunca pegamos a estrada. Não experimentei esse prazer louco que lembro da minha infância: pegar a estrada e ir a algum lugar. A outro lugar. As curvas que prometiam paisagens novas, as árvores que se sucediam interminavelmente, o céu azul. E a música. Que música ouvíamos então? Fiz muitas vezes esse caminho de ida e de volta, nunca dirigindo até essa parte da estrada. Na única vez em que dirigi, não cheguei a essa curva. Meu carro, um Fiat Uno, enguiçou e um caminhão enorme me empurrou pro acostamento. Minhas pernas tremiam muito e por muitos anos sonhei com o motorista sem camisa que gesticulava irritado no meu retrovisor. A buzina me impedia de pensar. Nunca mais dirigi.

Eu estava indo. Tinha ido muitas vezes, com meu primeiro namorado, quase sempre com fome. Ele ao volante. Numa volta, dormimos no acostamento por causa de uma pane elétrica. A noite cheirava a mato e salames frescos. O carro balançava toda vez que passava um carro maior ou em alta velocidade. Eu tinha medo de aranhas. Depois, me livrei do namorado. Na última vez que ele pegou a estrada em direção à casa dos meus pais foi recebido com a espingarda carregada. Felizmente não foi necessário puxar o gatilho. Meu pai Clint Eastwood permaneceu sentado, de espingarda e chapéu, monossilábico e misterioso. Ele, o namorado, sabia o caminho de volta.

As vezes que fiz esse caminho de ida com meu ex-marido foram sempre alegres e meu pai ou uma de minhas irmãs estavam ao volante. Lembro de mostrar as árvores conhecidas da infância, de avisar com antecedência os cheiros a enfrentar nas diferentes curvas, do lugar exato onde começavam e acabavam as terras dos meus pais, de cada lugar que capinei na infância, de onde colhíamos melancias nossas ou dos outros, dos córregos e das fontes, da pequena estrada onde minha mãe me encontrou desmaiada uma vez. Lembro da alegria louca presente ainda na lembrança de uma véspera de natal na beira do rio que precisamos sempre atravessar antes de chegar e que ainda enche alguma vez no verão deixando todos separados do resto do mundo.

A volta também era feliz. Em muitos anos, essa foi a primeira vez que fiz esse caminho sozinha. Sem você, sem ele, sem o outro, o primeiro. Foi estranho, como se tivesse virado filha e irmã outra vez. Como se estivesse de novo desamparada. Como se talvez nunca tivesse deixado de ser criança e me desse conta disso de uma vez.

Então ontem sonhei. Estacionei o carro na porta, deixei nele meu filho já grande pra brincar sozinho de motorista e entrei na casa enquanto gritava pra minha mãe: — Há algo pra mim? Então abracei meu pai, cego, e disse a ele o quanto o amava. Abracei também a mulher que caminhava com ele. Foi o tempo de mamãe voltar com a arcada dentária de algum bicho morto, me dizendo que, quando o sangue secasse, daria um bonito colar.

— Não, mãe, isso eu não quero. E então ela saiu da casa pra continuar seu trabalho na carne do bicho. Ao entrar no carro ainda disse: — Mãe, precisamos levar o pai ao médico. E ele: — É, está demorando a passar. Saímos, meu filho e eu. Pegamos a estrada. Você não estava conosco. E nada doía em mim.

Agradecimentos

À minha família: Antônio, Irdes, Alcione, Karla, Keli e Ricardo Magri e a todos os Magri.

Aos tios e primos Bassani, que se deixaram fotografar com seus animais, suas carnes.

A Keli Magri, pela parceria.

A Aline Essemburg, por sua arte.

Aos amigos que primeiro leram o texto: Anna Faedrich, Beatriz Resende, Carolina Correia dos Santos, Claudia Dias Sampaio, Davi Pinho, Giovanna Dealtry e Ramon Ramos.

Ao Felipe Charbel, quem me pôs a escrever.

A Paloma Vidal, quem me pôs pra testar o livro no seu projeto Em obras.

1ª edição [2021]

Esta obra foi composta em Janson MT sobre
papel Pólen Bold 90 g/m^2, para a Relicário Edições.